커피, 치명적인 검은 유혹

낭만적인 바리스타 K씨가 들려주는
문화와 예술의 향기가 스민 커피 이야기

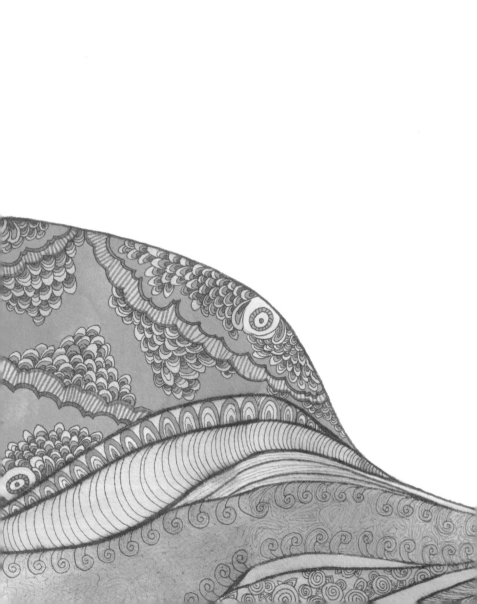

커피,
치명적인 검은 유혹

낭만적인 바리스타 K씨가 들려주는
문화와 예술의 향기가 스민 커피 이야기

그 림 **김윤아**
지은이 **김용범**

채읽는서재

추천사

스무 잔 커피에 가득 담긴 명사들의 숨겨진 이야기

커피의 본능은 유혹. 진한 향기는 와인보다 달콤하고, 부드러운 맛은 키스보다 황홀하다. 악마처럼 검고 지옥처럼 뜨거우며 사랑처럼 달콤하다.

이는 우리에게 익히 알려진 프랑스 정치가인 탈레랑Talleyrand 1754~1838의 커피예찬이다. 커피를 좋아하는 이들이라면 한 번쯤은 들어봤을 이 명언에서 과연 커피가 우리에게 전해 주는 것은 무엇인가를 생각해 본다. 커피가 단순히 마시는 음료로서만 확산되었다면 과거에서부터 현재에 이르기까지 커피를 예찬하는 일이 가능한 것일까? 커피에 얽힌 수많은 이야기가 역사가 되었고 만남과 소통의 통로가 되어 커피 문화를 만들어냈다.

강릉 커피박물관에 전시되어 있는 각각의 유물에는 커피라는 공통점을 담고 있다. 이야기를 담고 있는 커피유물은 그 자체가 그 시대를 살아갔던 이들의 작지만 귀중한 역사일 것이다. 또한 그것은 현대를 살아가는 우리에게 전해져 커피 문화를 꽃피우게 한다. 모든 유물은 그것 고유의 기능과 용도가 있듯이 고유의 사연을 갖고 있다. 나는 내 인생에서 긴 세월 동안 전 세계를 돌아다니며 커피 관련 유물을 수집해 오고 있다. 내게 그것은 단순한 수집이 아니다. 유물에 얽힌 역사와 사연이 공존하는 것이다. 그것이 겹겹이 쌓여서 커피의 역사와 문화의 산실로 탄생하는 박물관이 되었다. 그런 의미에서 이 책에 특별한 의미를 부여하고 싶다.

이 책은 우리가 잘 알지 못했던 커피 이야기를 담고 있다. 커피 전문가가 들려주는 커피에 대한 전문적인 정보를 제공하는 기존의 책들과는 다른 방식으로 커피의 맛과 향기를 전해 준다. 책장을 여는 순간 우리는 코끝을 스치는 커피의 향에 취해 첫 잔의 한 모금을 마신다. 첫 잔이 전해 주는 향기에 흠뻑 취하면 어느새 아쉬움으로 마지막 스무 잔을 만나게 된다.

이렇듯 이 책은 서로 다른 커피와 그에 얽힌 이야기를 커피 잔 가득 담아내고 있다. 낭만적 바리스타 K씨는 이 책의 주인공으로, 스무 잔의 커피 중 단 한 잔의 지루함도 허용치 않았다. 우리에게 친숙하고 널리 알려진 명사들이 가진 커피와의 독특한 인연을 그려내고 그것을 바리스타 K씨의 시 한 편으로 풀어가는 스토리텔링 방식은 이 책이 가진 가장 큰 매력이 아닐까⋯⋯.

그렇다면 이 책이 명사들의 낭만적인 커피 이야기만을 담고 있는 것일까? 그렇지 않다. 커피를 접하면서 자연스레 알고 배우게 되는 커피의 중점을 놓치지는 않는다.

이는 역사적 인물의 사진이나 삽화, 그들이 남긴 흔적을 통한 사실적 고증과 자칫 어려울 수 있는 커피용어를 쉽게 설명하여 이해를 돕는다. 커피는 그들만의 향유 문화가 아니라 모두가 공유할 수 있는 것이라는 작가의 생각과 독자를 배려한 마음을 느낄 수 있다.

이 책을 읽는 동안 나는 강릉 커피 농장에 피어 있는 커피꽃이 떠올랐다. 사계절 푸르른 커피나무 사이로 수줍게 피어나는 하얀 커피꽃은 단 2~3일밖에 피지 못한다. 짧지만 강렬한 커피꽃은 초록색 열매를 맺게 하여 탐스럽고 농염한 붉은 커피체리를 탄생시킨다. 커피는 자연이자 기다림의 미학이다.

이처럼 낭만적 바리스타 K씨의 시를 통해 작가가 추구하는 커피 또한 단순한 "커피 한 잔"의 의미는 아닐 것이다. 자연의 기다림으로 얻어낸 소중한 수확물이 고유한 이야기가 되고 종래에는 커피의 역사이자 문화가 되는 것을 전하고 싶었을 것이다.

독일 커피에는 첼로 선율의 감미로움이, 프랑스 커피에는 젊은 연인의 낭만이, 아프리카 커피에는 자연을 닮은 순수함이 있다. 나라마다 커피의 맛과 향이 다른 데는 아마 그들의 고유한 역사와 문화를 담고 있는 이야기가 있기 때문일 것이다.

　이 책을 펴며 첫 잔에서 시작된 진한 커피 향은 독자들을 유혹할 것이고 아쉬움으로 마지막 잔을 내려놓을 때, 문화와 예술향에 젖어 있는 수많은 이야기가 가슴 깊이 아로새겨질 것이다.

　이 책을 통해 자신만의 소중한 이야기를 전하고 랭보와 헤밍웨이, 헤르만 헤세 같은 이름의 커피가 탄생되길 바라며 그들의 서권향과 커피와의 관계가 영원하기를 기대해 본다.

강릉커피박물관 관장
김준영

커피,
치명적인 검은 유혹

CONTENTS

바 리 스 타 K 씨 가   들 려 주 는   커 피   이 야 기

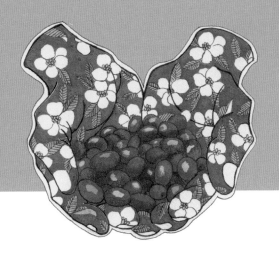

프롤로그

바리스타 K씨는 하루에 다섯 잔쯤의 커피를 즐긴다. 그가 만드는 커피는 시중에서 파는 커피와 크게 다르지 않다. 그것은 커피콩을 갈아서 뜨거운 물로 우려낸 원두커피*이기도 하고, 모카포트 또는 에스프레소 머신에서 추출한 향기롭고 진한 커피이거나 지하철 자판기에서 뽑은 싸구려 커피이기도 하며, 커피믹스 두 봉지를 털어 넣어 만든 유난히 달고 진한 커피이기도 하다.

그런데 바리스타 K씨의 커피에는 무엇인가 유별나고 독특한 향기가 있다. 그것은 커피콩에서 나는 것이 아니라, 그가 커피콩과 함께 갈아내는 무형의 첨가물 때문이다. 그의 커피를 즐기는 사람들은 이 향기를 예향藝香이라고도 하고, 서권향書卷香이라고도 부른다. 그것은 그가 만드는 커피만이 가지는 독특한 향기다. 그러나 그 향기의 실체는 없다.

그는 가까운 장래에 우리나라 커피와 카페의 메카 강릉 또는 남한산성, 아니면 파주 초리골에 북카페 하나를 낼 생각을 가지고 있다. 조각가 이영학이나 도예가 황종례의 도록과 오래된 소설책들, 클림트나 빈센트 반 고흐의 명화가 그려진 머그잔, 팝 아티스트 키스 헬링의 그림이 새겨진 티셔츠, 그리고 낡은 석유램프 같은 것을 모으고 있는 이유도 바로 그 때문이다. 하지만 그 계획은 거의 실현성이 없어 보인다. 왜냐하면 바리스타 K씨에게는 그만한 공간을 확보할 재력이 없기 때문이다. 하지만 그는 꿈을 포기하지 않고 있다.

여하튼 그의 비망록엔 몇 개의 커피 메뉴와 레시피가 적혀 있는데, 우리가 흔히 보는 에스프레소*나 아메리카노*, 카푸치노*, 카페라떼*, 카페모카*, 카라멜 마끼아또* 같은 것이 아니라, '랭보 커피, 생텍쥐페리 커피, 헤르만 헤세 커피, 헤밍웨이 커피이거나 이사도라 던컨 커피, 빈센트 반 고흐 커피, 아! 전혜린 커피, 이상의 제비다방 커피'와 같이 생뚱맞은 이름의 커피 원액 추출법과 블랜딩 방법이 들어 있다. 바리스타 K씨의 은밀한 계획은 과연 성공할 수 있을까?

커피의 전 세계 연간 거래량은 700만 톤. 무역규모는 600억 달러. 커피나무를 재배하고 수확된 커피를 볶아 서비스하는 커피 산업 종사자가 2,000만 명에 달하고 전 세계에서 매일 25억 잔의 커피가 소비되고 있으며 남성은 하루 평균 1.7잔, 여성은 1.5잔의 커피를 마신다고 한다.

이처럼 커피 한 잔은 이제 우리 생활 깊은 곳까지 들어와 있으며 우리 삶의 가까운 곳 어디에나 있다. 그러나 우리는 커피 한 잔의 진정한 문화적 의미를 모르고 있다. "커피 한 잔 하실래요?" 누군가 당신에게 이렇게 물어 왔다면, 커피를 마시자는 것과 함께 "당신과 진정한 대화를 나누고 싶네요."라는 의미가 담겨 있다. 그것은 커피가 단순한 음료가 아니라 대화를 매개하는 커뮤니케이션 음료이기 때문이다. 뿐만 아니라 복잡한 일상 속에서 나만의 시간을 가지고 싶을 때, 마치 쉼표처럼 존재하는 짧고도 행복한 휴식 역시 한 잔의 커피가 주는 부가가치이다.

그리하여 커피전문점에서 원가 123원인 아메리카노 한 잔을 3,000원 이상의 가격으로 산다. 그렇다면 과연 우리가 원가를 제외한 만큼의 문화적 인센티브를 취하고 있는 것인가? 커피 한 잔에 녹아있는 예술과 문화의 향기를 한 모금도 취하지 못하고 비싼 돈을 헛되이 지불하고 있지는 않은가?

바리스타 K씨는 이러한 물음에 답한다.

"습관적으로 의미 없이 커피를 마시는 그대는 우매한 카페인 중독자일 뿐이다. 마치 주유소에서 기름을 넣듯 커피를 사서 길거리에 들고 다니며 마시는……."

그렇다면 제대로 커피를 즐기는 방법은 무엇인가? 바리스타 K씨는 묵묵부답이다. 아마도 그가 북카페를 오픈하기 전까지 비밀에 부치고자 하는 고도의 경영전략인 듯하다. 그러나 비밀로 하면 할수록 사람들의 호기심은 커지는 법. 본인은 펄쩍 뛰겠지만 그를 잘 알고 있는 지인을 통해 은밀한 경로로 바리스타 K씨의 비망록을 입수하는 데 성공했다. 지금부터 비밀리에 그가 스크랩하고 클리핑한 커피 이야기 속으로 들어가 맛있는 시詩와 커피를 맛보기로 하자.

★ 일반적인 커피의 종류 ★

○ **원두커피**(原豆Coffee) : 커피 열매를 볶아서 빻은 가루를 여과지나 기구 따위를 이용하여 내려 마시는 커피.

○ **에스프레소**(Espresso) : 커피전문점에 가면 흔히 볼 수 있는 에스프레소 전용 커피 머신기로 추출하는 커피로, 9기압의 압력과 90도의 온도 전후에서 20초 안에 30ml를 빠르게 뽑아낸 커피를 에스프레소라고 부른다. 공기를 압축하여 짧은 순간에 커피를 추출하기 때문에 카페인의 양이 적고 커피 고유의 진하고 풍부한 맛을 느낄 수 있는 에스프레소는 데미타스(Demitasse)라는 조그만 잔에 담겨 나온다.

○ **아메리카노**(Americano) : 보통 미국사람들이 마시는 커피 스타일로, 유럽 스타일보다 묽게 추출한 커피이다. 에스프레소 1잔을 250ml 정도의 머그컵에 넣고 뜨거운 물을 혼합하여 커피를 연하고 부드럽게 해서 마실 수 있는데 취향에 따라서 혼합하는 뜨거운 물의 양을 조절할 수 있다.

○ **카푸치노**(Cappuccino) : 프랑스에서 개발된 커피로 우유의 부드러움과 커피의 진한 맛이 특징이며, 지역이나 나라마다 만드는 방식이 다양한 커피이다. 일반적으로 에스프레소 1잔:우유:우유거품을 1:2:3의 비율로 하여 표면에 풍성한 거품을 만들고 그 위에 기호에 따라 계피가루를 뿌려 즐기기도 한다.

○ **카페라떼**(Cafe Latte) : 에스프레소 1잔에 따뜻한 우유를 1:2 또는 1:3정도의 비율로 섞는 커피인데, 우유가 혼합되어 맛이 부드러우므로 프랑스에서는 주로 아침에 마시며, 이탈리아에서는 카페라떼, 프랑스에서는 카페오레, 스페인에서는 카페콘레체라고 불린다.

○ **카페모카**(Cafe Mocha) : 에스프레소 1잔에 우유, 초콜릿과 휘핑크림이 조화를 이루어 초콜릿의 달콤한 맛과 우유의 부드러운 맛이 에스프레소 1잔의 커피와 조화롭게 어우러진 커피가 카페모카이다. 특히 커피 메뉴에서 모카는 초코란 뜻으로 사용된다.

○ **카라멜 마끼아또**(Caramel Macchiato) : 에스프레소에 우유거품을 얹고 그 위에 카라멜 시럽을 장식한 커피. 마끼아또는 '얼룩진', '점찍다'라는 뜻의 이탈리아어이다. 에스프레소를 추출할 때 나타나는 크레마(Crema)에 우유 거품이 얼룩진 모양을 뜻한다.

첫 잔

랭보 커피

Jean Nicolas Arthus Rimbaud 1854~1891

거리에 비가 내리듯 내 마음에 눈물이 내린다.

가슴 속까지 스며드는 이 슬픔은 무엇일까.

땅 위에, 지붕 위에 내리는 비오는 소리의 처량함이여.

속절없이 외로운 맘 울리는… 오… 빗소리… 비의 노래여.

서럽고 울적한 이 마음, 뜻 모를 눈물만 흘러내린다.

원망스런 생각이라도 있는 것일까. 이 괴로움 알 길 없으니,

사랑도 없고… 원한도 없으련만 어쩌해 내 마음 이리도 괴로운가

- 폴 베를렌, <거리에 비 내리듯>

영화 <토탈 이클립스Total Eclipse>는 19세기 말 프랑스 문단을 요란한 스캔들로 장식했던 장 니콜라 아르뛰르 랭보Jean Nicolas Arthur Rimbaud: 1854~1891와 폴 베를렌Paul-Marie Verlaine: 1844~1896의 운명적 만남과 동성애, 그리고 비극적 종말을 그린 영화이다. '토탈 이클립스'란 사전적 의미로는 개기일식皆旣日蝕과 개기월식皆旣月蝕을 동시에 이르는 말이다. 영화에서는 '개기일식'으로 풀이되는 경우가 많은데, '달이 해를 조금씩 갉아먹는다'는 이 상징적이고 난해한 영화 제목은 랭보와 베를렌의 관계를 암시하는 것은 아니었을까?

1871년 9월 파리. 시인 베를렌은 샤를빌 마을에 살고 있는 랭보라는 16세 소년이 보낸 8편의 시를 받는다. 그 시는 일종의 충격이었다. 베를렌은 즉시 답장을 쓴다. "위대한 영혼이여 내게 오소서,

이는 운명의 부르심이니." 그렇게 랭보는 자석에 끌리는 쇳조각처럼 베를렌을 찾아 파리에 도착한다. 그리하여 두 사람은 만나는 순간부터 불꽃 튀는 서로의 시적 영감으로 하나가 된다. 그 다음 두 사람의 사이는 시적 교감을 넘어서서 동성애로 발전한다. 에메랄드색 초록의 마약이라 불리는 술, 압생트Absinthe로 인한 알코올 중독과 심한 주벽을 가진 베를렌과 미소년 랭보는 개기일식같이 서로가 서로를 갉아먹으며 함께 브뤼셀과 런던을 떠돈다. 그러나 질투에 불타 브뤼셀까지 쫓아온 베를렌의 아내 마틸드. 그녀는 이혼소송으로 베를렌을 위협하고……, 1873년 어느 날 갈등을 견디다 못한 베를렌은 압생트에 취한 몽롱한 상태에서 발작적으로 랭보에게 총을 쏜다. 살인미수 사건으로 경찰에 체포된 베를렌은 동성애에 대한 죄목이 하나 더 추가돼 징역 2년형을 선고 받는다. 그러나 랭보는 파리를 떠나지 않았다. 묵묵히 베를렌을 기다렸다. 냉

장 니콜라 아르튀르 랭보   홀연히 파리를 떠나는 랭보. 영화 <토탈 이클립스>의 한 장면

정한 자기성찰 그리고 냉엄한 현실을 직시하며…… 형기를 마치고 출감한 베를렌은 독일에서 랭보와 마지막 재회를 하지만, 랭보는 냉정하게 베를렌에게 결별을 통보한다. 그리고 1875년경 파리에서 홀연히 사라져 버린다.

에티오피아 하레르Harer에 홀연히 나타난 랭보

파리를 떠난 랭보는 문득 에티오피아 하레르에 나타난다. 시인이 아니라, 하레르의 롱베리 흔히 모카하라라고 부르는 맛이 깊고 향이 풍부한 아라비카종* 커피원두를 매매하는 상인이 되어 나타난 것이다.

그러나 에티오피아에 도착하기 전 랭보의 방랑은 길었다. 그는 걸어서 알프스 산맥을 넘고 서인도 제도의 네덜란드 식민지 군대에 입대했다가 탈영했으며, 독일 서커스단과 함께 스칸디나비아로 떠났다. 이어서 이집트를 찾았고 키프로스 섬에서 건축업의 현장 감독으로 취직하게 되지만, 그는 무언가에 이끌린 듯 일을 그만두고 다시 여행을 떠나게 된다. 그러다 아덴에서 커피 무역상에게 고용된 것이다. 그리하여 정주한 곳이 바로 에티오피아의 하레르. 그곳은 아라비카종 커피 중에서도 극상품이 생산되는 곳이었다.

그렇게 랭보의 긴 방랑 끝에 커피가 있었다. 그곳에 머문 11년간 그는 하레르를 사랑했다. 그곳 사람들도 랭보를 시인이 아닌

한 인간으로 대해 주었고, 하레르 총독은 그의 가까운 친구가 되었다. 그리하여 하레르에 위치한 랭보의 집은 에티오피아에 사는 유럽인들의 고급 사교 장소가 되었다. 마치 예술적 담론이 오고가는 유럽 어느 도시의 커피하우스처럼 운영되다 보니 커피 중개 무역상으로 벌어들이는 돈보다 더 많은 돈을 필요로 했다. 그는 위험을 무릅쓰고 무기 밀거래상으로 나섰지만 재물운도 몸도 따라주지 않았다. 1891년 2월, 랭보는 오른쪽 무릎의 종양으로 하레르를 떠나 아덴에서 치료를 받지만 실패했고, 결국 마르세유에 도착하자마자 다리를 잘라내야 했다. 그리고 1891년 11월 10일, 암으로 세상을 떠난다. 정처 없이 외방을 떠돌던 한 천재 시인의 우울한 마지막이었다.

그래서일까? 에티오피아 하레르엔 생뚱맞게도 랭보박물관이 있다. 《커피견문록》의 저자 스튜어트 리 앨런은 전 세계를 떠돌며 커피의 성지를 찾아 다니다가 어렵게 그곳에 도착한다. 그리고 마을 어귀 허름한 카페에 들러 수동 에스프레소 머신에서 뽑아낸 진하고 검은 아라비카 커피를 마신 뒤 이렇게 말했다.

"그 강렬함이 가히 충격적이었다. 하레르산 원두는 세계 최고의 원두다."

그리고 나서 성지순례를 하듯 랭보박물관에 들른다.

"아 결국 왔군요."

그가 소리쳤다.

그는 내가 이제까지 본 것 가운데 가장 기이하게 생긴 집 앞에 앉아 있었다. 적어도 하레르에 있는 1층짜리 진흙 오두막 사이에서 무척 이상하게 보였다. 이 건물 3층에 뾰족한 두 개의 박공지붕이 덮였고 사방에 정교한 조각이 새겨져 있었다. 지붕의 널 가장자리에는 붓꽃 문장이 장식되었고 창문은 빨간 스테인드글라스로 되어 있었다. 그림형제가 쓴 동화에 등장할 법한 집이었다. 그런데 참 이상하게도 4미터 가까운 높이의 흙벽으로 둘러싸인 이 저택에는 내가 이제 막 기어 들어온 벽 틈 외에는 다른 출구가 없었다. 남자는 놀란 눈으로 나를 바라보았다.

"안내원 없어요?"

"안내원? 무슨 안내원 말인가요?"

"상관없어요."

남자는 내게 노란 종이 한 장을 흔들어 보이더니 10비르를 내라고 했다.

"무슨 돈이죠?"

내가 물었다.

"입장료예요."

"입장료? 입장료도 있나요?"

"거길 봐요."

은근히 화가 난 목소리였다.

종이에는 '랭보 입장권'이라 쓰여 있었다. 10비르였다.

"진짜 집이에요. 정부지정. 다른 집과 달라요."

"그럼 랭보 집이 여기 말고 또 있다는 애긴가요?"

"없어요. 여기뿐이에요."

나는 돈을 지불했고 그를 따라 좁은 계단을 올라가니 거대한 방이 나왔다. 80평. 15미터 높이의 천장 둘레에는 옛날식 타원형 난간이 있었다. 벽에는 손으로 그린 벽지가 붙어 있었는데 워낙 지저분하고 너덜너덜해져 특이한 파리 정원 풍경이나 문장 무늬를 간신히 알아볼 정도였다. 커다란 먼지 입자가 여기저기 떠다녔다. 가구라곤 단 한 점도 없었다. 랭보. 위대한 프랑스의 시인은 말년을 이처럼 초현실적인 저택에서 그가 좋아하는 남자 하인 한 명만 두고 오직 혼자 살았다.

- 스튜어트 리 앨런, 《커피견문록》 중에서

랭보박물관의 1층과 천장의 모습

에티오피아 커피는 이가체프, 모카 시다모, 모카 하레르 3가지 종류로 구분된다. 이 이름들은 모두 커피와 관련된 지명에서 유래한 것이다. 모카란, 커피의 이름이 아니라 커피가 주로 유통됐던 예멘의 항구인 '알 모카'에서 따온 것이다.

에티오피아산 아라비카 커피라 하면, 향기로운 커피의 보통명사가 된 모카커피. 나는 에티오피아산 아라비카 커피를 마실 때면, 특히 모카하라를 드리퍼에 내려 한 모금 입안에 머금을 때면, 오! 랭보. "예전에, 내 기억이 정확하다면, 나의 삶은 모든 사람들이 가슴을 열고 온갖 술이 흐르는 축제였다."라고 읊은 〈지옥에서 보낸 한 철〉의 서시 첫 구절과 장 니콜라 아르튀르 랭보가 떠오른다. 마치 유감주술類感呪術처럼……

랭보에게 커피란 무엇이었을까? 오늘날 한국처럼 커피의 광풍이 불고 있는 유럽의 번화한 도시에 정통 아라비카 커피를 팔아 시를 써서는 도저히 이룰 수 없는 재력을 축적하기 위해서일까, 아니면 동성애로까지 서로 얽혀버린 베를렌과 결별하고 자신만의 힘으로 홀로 서고자 했던 것일까?

분명한 것은 에티오피아에서 예멘을 거쳐 터키에서 유럽으로 전해지는 커피로드의 가장 중심부 하레르에 천재 시인 랭보가 있었다는 사실이다. 그리하여 모카하라에는 랭보의 시 〈지옥에서 보낸 한 철〉의 시향詩香이 스며 있다는 것이다.

진눈개비가 흩날리는 3월 말 우울한 오후, 나는 원두를 분쇄기에 간다. 모카하라. 에티오피아 하레르산 아라비카 커피. 그것은 우울한 오후, 물로 희석하지 않고 황금색 크레마를 물끄러미 바라보다 야금야금 마시는 것이 옳다.
(지옥에서 보낸 한 철처럼 쓰디쓰게. 혹은 비극적인 랭보의 죽음처럼)

나는 책꽂이에서 한 권의 시집을 꺼냈다.
《지옥에서 보낸 한 철》
그리고 눈으로 찬찬히 읽어 내려갔다.

아 아 어둡다. 캄캄하다.
감이 잡히지 않는 행간들에 갇혀 나는
절망한다. 열아홉 랭보의 상상력을
나는 극복할 수 없다.
아 참혹하고 쓰디쓰다. 하레르産 랭보의 커피.

★ 세계 3대 커피 품종 ★

커피 품종은 크게 아라비카(Arabica)와 로부스타(Robusta)로 나눌 수 있으며, 리베리카(Liberica)까지 포함한다면 세 가지로 나눌 수 있다. 커피 품종 중 전체 생산량의 80% 가까이를 차지하는 것이 아라비카종이다. 아라비카는 에티오피아의 남서부 고원지대, 수단의 남동부 보마공원, 그리고 케냐 북부의 마르사빗 지역에 분포되어 있으나, 이제는 에티오피아에서 아라비아 반도로 건너가 인도, 실론, 인도네시아 서인도 제도와 중남미로 퍼져나간 커피의 원종이다. 맛과 향이 깊은 고급 커피 품종이다. 그 다음은 전체 생산량의 20% 정도를 담당하는 로부스타종으로 원래는 카네포라(Canaphora)종의 대표 품종으로 카네포라라고 부르는 것이 정확하지만, 카네포라보다 로부스타로 널리 알려져 로부스타로 통용된다. 로부스타는 서부 아프리카와 콩고강 분지에서 우간다 고원지대까지의 고온다습하고 고도가 낮은 지역에 자생한다. 로부스타는 질병에 대한 저항력이 강하며 고도가 낮고 습도가 많은 지역은 물론 뜨거운 지역에서도 잘 자라는 커피 품종이지만, 아라비카에 비해 쓴 맛이 강하고 향기가 떨어지며, 카페인 함량이 두 배나 높은 단점이 있다. (우리가 가장 손쉽게 마실 수 있는 봉지커피의 대부분이 베트남산 로부스타종 커피이다. 굳이 상표에 아라비카 커피라고 밝힌 것이 아니라면) 리베리카종은 열대 아프리카 라이베리아가 원산지로, 병충해에 약하고 맛과 향이 좋지 않아 종자개량을 위한 연구용으로 재배할 뿐, 일상생활에서 쉽게 접할 기회는 없다.

Art Recipe

☕ 워밍업

비가오거나 진눈깨비가 흩어지거나, 마음이 우울한날 노트북을 켜고 영화 <토탈 이클립스(Total Eclipse)>를 소리를 죽인 채 올린다. 젊은 시절 레오나르도 디카프리오의 이미지와 장 니콜라 아르튀르 랭보의 이미지를 하나로 일치시키며 Ethiopia Harrar Longberry(에티오피아산 하라 롱베리) 원두를 준비하여 묵묵히 수동식 분쇄기에 간다.

☕ 아트레시피

1. <토탈 이클립스> 영화음악을 맡은 폴란드의 작곡가 얀 A.P. 카츠마렉의 음원을 하나 골라 음악을 튼 뒤, 드리퍼에 커피를 내리며 베를렌의 시를 불어로 나직이 읊어 커피에 랭보의 시(詩)와 예향(藝香)을 스미게 한다.

Il pleut doucement sur la ville-Arthur Rimbaud

Il pleure dans mon cœr Comme il pleut sur la ville

2. 검은색 머그잔을 준비하여 뜨거운 물에 튀겨 거냉한다. 뜨거워진 커피 잔이 진한 커피의 온도를 가능한 한 오랫동안 가두어 놓게 한 뒤, 잘 내려진 커피를 검은 커피 잔에 가득 담는다. 그리고 <바리스타 K씨의 첫 번째 詩: 하레르산 랭보의 커피>를 읽은 뒤, 시집에서 무작위로 한 페이지를 편다. 그러면 랭보의 이런 시 구절이 펼쳐져 있을 것이다.

(......) 가을이다. 자욱하게 서 움직이지 않는 안개 속으로 떠오르는 우리들의 배는,

비참의 항구를 향하여, 화염과 진흙이 붙은 하늘을 짊어진 거대한 거리를 향하여,

뱃머리를 돌린다. 아아! 썩은 누더기여, 비에 젖은 빵이여. 곤드레만드레로 취한 취기여.

나를 십자가에 걸은 수많은 애욕이여!

나는 그런 꼴로 거기서 죽어 있었는지도 모른다....

섬칫 몸을 떨 것 같은 저 세상 광경!

나는 비참을 증오한다. 그리고 나는 겨울이 무섭다. (......)

Ethiopia
Harrar Longberry

열아홉 랭보의 상상력을
나는 극복할 수 없다,
아 참혹하고 쓰디쓰다,
하레르產 랭보의 커피,

둘째 잔

에드바르 뭉크 커피

Edvard Munch 1863.12.12~1944.1.23

막대사탕 츄파춥스를 빨고 있으면 어김없이 살바도르 달리가 떠오른다. 축축 늘어진 시계, 초현실적인 그의 상상력이 빚어낸 몽환적 일루전. 왜 그럴까?

츄파춥스의 로고는 1958년 회사를 창립한 그의 절친한 친구 베르나트의 부탁으로 만들어졌다. 살바도르 달리는 들고 있던 신문 위에 단 1분 만에 그것을 그려 준 것이다. 막대사탕 츄파춥스와 달리의 작품 <명상하는 장미>의 창작년도가 맞아 떨어지는 것도 그 때문이다. 또한, 달콤한 막대사탕을 빨고 있으면 조금씩 기분이 좋아진다. 단맛은 사람들을 행복하게 하기 때문이다.

살바도르 달리　　<명상하는 장미>(1958년)　　츄파춥스 로고

그러나 그 반대의 경우도 있다. 마음이 우울하고 답답할 때, 아니면 무엇인가 일이 잘 풀리지 않는 날이면 한 잔의 커피를 마시고 싶다. 그런 날 선택하는 커피가 카페모카다. 그리고 카페모카를 마실 때면 화가 에드바르 뭉크Edvard Munch: 1863~1944가 떠오른다. 츄파

춥스와 살바도르 달리가 한 묶음으로 떠오르듯……

뭉크. 그는 공포와 우울이라는 단어를 끌고 다니는 화가이다. 이러한 느낌을 나의 오랜 친구인 시인 이승하는 그의 신춘문예 당선 시에서 다음과 같이 그렸다.

어디서 우 울음소리가 드 들려

겨 겨 견딜 수가 없어 나 난 말야

토 토하고 싶어 울음소리가

끄 끊어질 듯 끄 끊이지 않고

드 들려와

야 양팔을 벌리고 과 과녁에 서 있는

그런 부 불안의 생김새들

우우 그런 치욕적인

과 광경을 보면 소 소름 끼쳐

다 다 달아나고 싶어

도 동화同化야 도 동화童話의 세계야

저놈의 소리 저 우 울음소리

세 세기말의 배후에서 무 무수한 학살극

바 발이 잘 떼어지지 않아 그런데

자 자백하라구? 내가 무얼 어쨌기에

소 소름 끼쳐 터 텅 빈 도시

아니 우 웃는 소리야 끝내는

끝내는 미 미쳐 버릴지 모른다

우우 보트 피플이여 텅 빈 세계여

나는 부 부 부인할 것이다.

1938년 아틀리에서 에드바르 뭉크

<절규>(1893년)

더듬더듬 말을 더듬으며 한 줄 한 줄 이어간 이승하 시의 배경에
는 뭉크의 대표작인 <절규>가 깊게 깔려 있다. 결핵으로 갑자기 세
상을 떠난 어머니와 누이의 잇따른 죽음, 그리고 알코올 중독과 정
신분열이 그의 작품의 배경에 깔려 있었다. 그러나 그는 그렇게 암
울한 생각만을 가진 사람은 아니었다.

나는 삶을 사랑한다.

삶.

병이 든 채.

태양이 뜨는 여름날들,

거리의 소음들, 자동차 소음,

거리의 먼지들, 인도를 걸어다니는 사람들.

나는 창문을 통해 들어오는 햇빛을 좋아한다.

빛이 하얀 먼지 띠처럼 오크색의 바닥을

위에서 아래로 비스듬히 자른다.

그리고 소파 구석에 작고 푸른 흰 얼룩을 남긴다.

살며시 맑은 바람이 불자

커튼이 안으로 살짝 부풀어 오른다.

나는 꿈을 간직한 정열도 좋아한다.

(……)

예술은 자연과 대립하는 것이다.

예술 작품은 오직 인간의 내면에서만 생겨난다.

예술은 인간의 신경, 심장, 두뇌, 눈을 통해서

창조된 영상인 것이다.

자연은 예술에 양분을 주는 영원히 위대한 왕국이다.

자연은 그저 단순히 눈에 보이는 것만이 아니다.

그것은 영혼의 내적인 영상이다.

- 에드바르 뭉크, 《뭉크뭉크》 중에서

그는 심한 우울증에 걸려 있었고 비록 심신은 병이 들었지만, 누구보다 삶을 사랑했다. 문을 통해 들어오는 햇빛과 꿈을 간직한 정열을 사랑했다. 그의 작품에서 보이는 어두운 그림자와 함께 달콤 쌉싸름한 카페모카가 연상되는 것은 이러한 까닭인지 모른다. 카페모카는 에스프레소의 쓴맛과 신맛의 느낌에, 달콤하고 부드러운 초콜릿 시럽이 조화롭게 어우러진 커피 메뉴이다. 초콜릿을 즐기는 것 같은 풍부한 향과 달콤한 맛을 지녔지만, 동시에 우울하며 쓰디쓴 커피.

이것은 카페모카에 대한 나의 편견이었다. 그런데 내 이런 생각에 확신을 갖게 해 준 것은 그가 1922년 오슬로 크리스트아니아의 프레이아Freia 초콜릿 공장의 구내식당 벽화를 그렸다는 사실 때문이었다. 그 초콜릿 공장 벽화의 내용은 무엇이었을까? 뭉크가 그렸다는 기록은 확인할 수 있었지만 그림은 어디에서도 찾을 수가 없었다. 그렇게 편견에 가득 찬 시간이 흘렀다.

어느 비가 오는 가을날, 나는 눅눅한 습기를 날려버릴 겸 시인 고운기와 커피 한 잔을 마셨다. 그리고 뭉크의 초콜릿 공장 벽화와 카페모카의 지독한 편견에 대하여 이야기를 나눴다. 그다음 날, 시인 고운기는 뭉크의 도록 한 권을 불쑥 빌려 주었다. 그가 메이지 대학교에 초빙교수로 가서 동경에 머물던 때인 2007년 10월 6일부터 2008년 1월 6일까지 동경 국립 서양미술관에서 열린 <Edvard Munch The Decorative Projects>의 전시회 도록이었다. 넉넉지 않은 객지생활에서 큰돈을 들여 구한 책이었다. 그 책을 열자 내 편견의 근원이었던 프레이아 초콜릿 공장 근로자 식당의 열두 개의 벽화가, 흑백이지만 선명하게 박혀 있었다.

프레이아 초콜릿 공장 식당을 위해 뭉크가 그린 12점의 벽화

잘 알려져 있지도 않지만
1922년 에르바르 뭉크는 분명히
노르웨이 오슬로에 있는
프레이아 초콜릿 공장
근로자 식당에
열두 개의 벽화를 그렸다.
뭉크의 모든 그림에서 달콤하면서
쓰디쓰게 배어나오는
검은색 초콜릿의 향기는
이 공장 근로자들이
뒤늦게 덧바른
오슬로 항구의 안개였다.

프레이아 초콜릿 공장 근로자들은
점심시간이 끝나면 반드시
카페모카를 마셨을 것이다.
에드바르 뭉크의 절규 같은
진하게 초콜릿이 섞인
오슬로의 안개와 카페모카.

오늘 안개가 짙다.
나는 초콜릿처럼 쓰고 달디단
장희천의 시 한 줄 같은
커피 한 잔을 시킨다.
카페모카.
무명 시인의 시 한 줌 같은
쓰고 달디단 커피.

Art Recipe

☕ 워밍업

우울할 때 초콜릿을 먹으면 기분이 좋아지는 이유는 초콜릿의 성분 중에 '페닐에틸아민 (phenylethylamine)'이라는 성분이 들어 있기 때문이다. 이 물질은 좋아하는 이성을 바라보거나 이성의 손을 잡을 때와 같이 사랑하는 감정을 느낄 때 분비되는 물질로, 보통 100g의 초콜릿 속에 약 50~100mg 정도가 함유되어 있다.

즉 페닐에틸아민은 사랑을 할 때 대뇌에서 분비되는 물질로, 사람을 행복하거나 황홀하게 만든다. 이것이 바로 카페모카의 비밀이다.

☕ 아트레시피

1. 분노와 증오심을 삭혀 주는 클래식 음악 리스트에서 다음 중 하나를 임의로 선택한다.

바흐의 <칸타타 2번>, <이탈리아 협주곡>

베토벤의 <월광 소나타>

프랑크의 <교향곡 D장조>

프로코피에프의 <소나타 D장조>

하이든의 <시계교향곡>

시벨리우스의 <필란디아>

구노의 <병사의 합창>, <사랑의 2중창-파우스트 중에서>

바그너의 <봄의 노래>

헨델의 <수상 음악>

2. 그 다음 아래의 간단한 레시피에 따라 카페모카를 완성한다.

1) 커피믹스를 준비한다.

2) 뜨거운 물을 넣고 젓는다.

3) 초코파이를 넣어준다.

3. 이것이 지난해 KBS2 스펀지에 소개되었던 즉석 카페모카이다.

당신은 잠시 후 '페닐에틸아민'의 은밀하고 달콤한 효과를 가슴으로 직접 느끼게 될 것이다.

🍵 또 다른 아트레시피

1. 냉장고 냉동실의 문을 열면 밸런타인데이에 누군가에게서 선물로 받은 초콜릿이 반드시 있다. 차마 한번에 먹기 아까워 냉동실에 남겼을 것이 분명한 초콜릿을 꺼낸다. 만일 그 초콜릿이 지금은 헤어져 남이 되어버린 사람에게서 받은 것이라면 더욱 향이 깊을 것이다.

2. 원두의 종류를 불문하고 뜨거운 커피 한 잔을 만든다.

3. 초콜릿을 한입 쪼개 물어 입안의 온기로 얼어 있는 초콜릿을 녹인다. 씹지 말고 혀에 올려놓은 채로, 서서히. 그러면 당신의 감성에서 '페닐에틸아민'이 시나브로 베어 나오기 시작할 것이다.

4. 비록 헤어졌다 해도 사랑이란, 증오와 서운함이 사라진 뒤 애잔하게 즐겁고 애틋했던 기억을 반드시 지니고 있다. 한 조각의 초콜릿은 당신에게 그런 지워질 수 없는 기억을 되살려 줄 것이다. 따라서 혀에 올려놓고 녹여낸 초콜릿과 따뜻한 커피의 만남은 당신에게 좋은 기억과 그 설레던 오묘한 느낌을 되살려 줄 것이다.

5. 가장 간단한 카페모카 한 잔으로 당신의 사랑이 아름다워질 수 있다.

에드바르 뭉크의 절규 같은
진하게 초콜릿이 섞인
오슬로의 안개와 카페모카,

이효석의 향 커피

Hyoseak lee 1907.2.23～1942.5.25

대동공전(大同工專)에서 수업 중인 이효석

백묵을 들고 이효석은 아름다운 시를 판서했다. 그리고 달필로 휘갈겨 쓴, 판서의 시를 배경으로 찍은 스냅사진 한 장. 그가 묵묵하게 바라보고 있는 낡고 무거운 책 한 권은 아마도 《영미시의 이해》가 아니었을까? 이효석李孝石: 1907~1942은 강원도 평창군 봉평면에서 출생하여 경성제일고등보통학교를 거쳐 경성제국대학교 법문학부 영어영문학과를 졸업하고 숭실전문학교, 대동공업전문학교 교수로 재임하였다. 위 사진은 평양 숭실대학 내에 있던 대동공전 재직 시의 수업 중 한 장면이다. 이효석이 백묵으로 판서한 시는 무엇이었을까?

What is this life if, full of care,

We have no time to stand and stare.

No time to stand beneath the boughs

And stare as long as sheep or cows.

No time to see, when woods we pass,

Where squirrels hide their nuts in grass.

No time to see, in broad daylight,

Streams full of stars, like skies at night.

No time to turn at Beauty's glance,

And watch her feet, how they can dance.

No time to wait till her mouth can

Enrich that smile her eyes began.

A poor life this if, full of care,

We have no time to stand and stare.

그것이 무슨 인생이란 말인가, 근심으로 가득 차

잠시 멈춰서 주위를 둘러볼 시간조차 없다면,

나뭇가지 아래서 양과 소의 순수한 눈길로

펼쳐진 풍경을 차분히 바라볼 시간이 없다면,

수풀 속에 은밀하게 도토리를 숨기는

작은 다람쥐들을 바라볼 시간이 없다면,

대낮인데도 마치 밤하늘처럼 반짝이는 별들을

가득 품은 시냇물을 바라볼 시간이 없다면,

아름다운 여인의 다정한 눈길에 고개를 돌려,

춤추는 그 고운 발을 바라볼 시간이 없다면,

눈가에서 시작된 그녀의 환한 미소가

입가로 번질 때까지 기다릴 시간이 없다면,

얼마나 가여운 인생인가, 근심으로 가득 차

잠시 멈춰서 주위를 둘러볼 시간조차 없다면.

- 윌리엄 헨리 데이비스, <여유(Leisure)>

이 시는 영국의 시인 윌리엄 헨리 데이비스의 <여유>라는 시이다. 아마도 오늘날 '영미시의 이해'와 같은 수업이었을 것이다. 시의 내용대로라면 이런 여유조차 없는 오늘의 우리가 오히려 부끄러울 뿐이다. 시의 마지막 행인 "얼마나 가여운 인생인가, 근심으로 가득 차 / 잠시 멈춰서 주위를 돌아볼 시간조차 없다면."에서 뜻 모를 반성이 가슴을 찡하게 울린다.

이효석은 1928년, <도시와 유령>을 발표하면서 작품 활동을 본격적으로 시작, <노령근해>, <상륙>, <행진곡>, <기우> 등을 발표하면서 동반자작가로 활동하였다. '동반자작가同伴者作家: Fellow Traveler'란, 원래 1917년 러시아 볼셰비키 혁명이 일어났을 때, 혁명을 반대하지도 않고 적극적으로 지지하거나 선동하지도 않았던 작가들을 일컫는다. 프롤레타리아 혁명적 예술가가 아닌 혁명의 예술적 동반자라는 뜻이다. 우리나라에서는 '카프에 가입은 하지 않았지만 작품 활동에 있어 카프가 주창하는 이데올로기에 동조하고 있는 작가'를 말한다. 그러나 그는 그 뒤 방향을 선회하여 모더니즘 문학단체인 구인회에 가입한다. 아마도 그것이 오히려 그의 기질에 맞았을 것이다.

구인회는 1933년에 김기림, 이효석, 이종명, 김유영, 유치진, 조용만, 이태준, 정지용, 이무영의 아홉 사람이 모여 결성한 문학 동인회로, 경향문학에 반발하여 순수문학을 지향하였으나 큰 활약을 하지는 못하였다. 그 뒤 그는 <돈豚>, <산>, <들> 등을 발표하면서 자연과의 교감을 시적인 문체로 유려하게 묘사한 작품들을 발표하였고, 1936년 《조광朝光》지에 한국 단편문학의 백미이자 그의 최고 작품인 <메밀꽃 필 무렵>을 발표한다. 그는 장돌뱅이인 허생원이 자신과 함께 다니던 동이가 자기 아들임을 알게 되는 과정을 보여주면서 우리 눈앞에 흐드러진 메밀꽃 밭을 펼쳤다.

이지러는 졌으나 보름을 갓 지난 달은 부드러운 빛을 흐뭇이 흘리고 있다. 대화까지는 팔십 리의 밤길, 고개를 둘이나 넘고 개울을 하나 건너고 벌판과 산길을 걸어야 된다. 길은 지금 긴 산허리에 걸려 있다. 밤중을 지난 무렵인지 죽은 듯이 고요한 속에서 짐승 같은 달의 숨소리가 손에 잡힐 듯이 들리며, 콩 포기와 옥수수 잎새가 한층 달에 푸르게 젖었다. 산허리는 온통 메밀밭이어서 피기 시작한 꽃이 소금을 뿌린 듯이 흐뭇한 달빛에 숨이 막힐 지경이다. 붉은 대궁이 향기같이 애잔하고 나귀들의 걸음도 시원하다. 길이 좁은 까닭에 세 사람은 나귀를 타고 외줄로 늘어섰다. 방울소리가 시원스럽게 딸랑딸랑 메밀밭께로 흘러간다. 앞장 선 허생원의 이야기 소리는 꽁무니에 선 동이에게는 확적히는 안 들렸으나, 그는 그대로 개운한 제 멋에 적적하지는 않았다.

- 이효석, <메밀 꽃 필 무렵> 중에서

하지만 이 작품은 이효석의 이미지를 고착시켰다. 그의 삶을 제대로 이해하지 못하는 일반인들에게 그가 향토적이고 서정적이며 토속적인 사고를 가진 전형적인 농촌문학 작가라고 오해하게 만든 것이다. 과연 이효석은 농촌의 서정을 그린 작가일까? 결론은 정반대이다. 그는 1930년대 대표적인 모더니스트였다. 소위 모던 뽀이가 그의 본 모습이며, 한국의 대표적인 딜레탕트였던 것이다.

'딜레탕트Dilettante'란 어떤 전문적 분야를 몹시 좋아해 그에 대해 알고자 많은 노력을 기울이지만, 그 수준에 머물 뿐 결코 전문가적인 경지까지는 도달하지 못하거나 단지 좋아하는 것에 만족하는 사람을 말한다. 그는 오늘 우리들보다 더욱 모던한 사고를 가졌으며 음악과 미술, 음식 등에 있어서 매우 서구적인 취향을 지녔다. 특히 커피에 관해서는 지금의 커피를 즐기는 사람들이나 바리스타들이 감히 흉내도 못 낼 정도의 감식력과 지식을 지닌 전문가적 경지에 있었다. 그의 대표적 수필 <낙엽을 태우면서>를 보면, 이효

1930년대 미스코시 백화점
(현 신세계 백화점)
옥상의 야외 카페

석의 수준 높은 커피 취향과 딜레탕트적 내공이 들여다보인다.

벚나무 아래에 긁어모은 낙엽의 산더미를 모으고 불을 붙이면, 속의 것부터 푸슥푸슥 타기 시작해서, 가는 연기가 피어오르고, 바람이나 없는 날이면, 그 연기가 낮게 드리워서, 어느덧 뜰 안에 자욱해진다. 낙엽 타는 냄새같이 좋은 것이 있을까? 갓 볶아낸 커피의 냄새가 난다. 잘 익은 개암 냄새가 난다. 갈퀴를 손에 들고는 어느 때까지든지 연기 속에 우뚝 서서, 타서 흩어지는 낙엽의 산더미를 바라보며 향기로운 냄새를 맡고 있노라면, 별안간 맹렬猛烈한 생활의 의욕意慾을 느끼게 된다. 연기는 몸에 배서 어느 결엔지 옷자락과 손등에서도 냄새가 나게 된다. (……) 난로는 새빨갛게 타야하고, 화로의 숯불은 이글이글 피어야 하고, 주전자의 물은 펄펄 끓어야 된다. 백화점 아래층에서 커피의 알을 찧어 가지고는 그대로 가방 속에 넣어 가지고, 전차 속에서 진한 향기를 맡으면서 집으로 돌아온다. 그러는 내 모양을 어린애답다고 생각하면서, 그 생각을 또 즐기면서 이것이 생활이라고 느끼는 것이다. 싸늘한 넓은 방에서 차를 마시면서, 그제까지 생각하는 것이 생활의 생각이다. 벌써 쓸모 적어진 침대에는 더운 물통을 여러 개 넣을 궁리窮理를 하고, 방구석에는 올 겨울에도 또 크리스마스트리를 세우고 색전등으로 장식할 것을 생각하고, 눈이 오면 스키를 시작해 볼까 하고 계획도 해보곤 한다. 이런 공연한 생각을 할 때만은 근심과 걱정도 어디론지 사라져 버린다. 책과 씨름하고, 원고지 앞에서 궁싯거리던 그 같은 서재에서, 개운한 마음으로 이런 생각에 잠기는 것은 참으로 유쾌한 일이다.

- 이효석, <낙엽을 태우면서> 중에서

이효석이 낙엽을 태우며 발견한 개암열매와 갓 볶아낸 커피 향. 그것은 바로 우리가 즐겨 마시는 헤이즐넛 커피이다. 헤이즐넛 커피는 커피의 한 종류가 아니라, 헤이즐넛 향을 커피에 스미게 하거나 함께 갈아낸 향 커피Flavored Coffee이다. 그는 된장국에 묵은 김치를 곁들여 먹는 아침보다는 빵과 버터, 커피 등과 같은 콘티넨탈 스타일 블랙퍼스트를 즐겼으며, 모차르트와 쇼팽의 피아노곡 연주와 프랑스 영화를 탐닉했다. 또한 접시꽃이나 봉숭아가 아닌 이름도 낯선 서양 화초가 가득한 붉은 벽돌집에서 생활하며 유럽 여행을 꿈꾸는, 당시 식민지 한국에 사는 사람이라 믿기 어려운 서구적 취향을 지닌 대표적인 모던 뽀이였던 것이다.(이쯤 되면 이효석이 향토적 서정을 그린 소설가가 아님을 여실하게 증명한 셈이다.)

당시 문화 예술의 중심지였던 서울(당시의 경성)을 떠나 함경북도 경성 혹은 평양에서 교편을 잡았던 이효석에게, 구인회 멤버들과 함께 지내던 시절의 문화적 취향이나 커피에 대한 향수가 먼 외방에 떨어져 있다고 지워질 수 있겠는가?

태평양전쟁 직전이었던 지금으로부터 80년 전, 그의 모던한 취향은 이제 막 간신히 인스턴트커피의 취향을 벗어난 이 땅의 풋내기들에게 고수高手란 어떤 것인가의 본때를 보여준다.

그는 때때로 백화점에서 갓 볶아낸 커피콩을 갈아 그대로 가방 속에 넣어 가지고, 전차 속에서 진한 향기를 맡으면서 집으로 돌아온다. 그러는 제 모양을 어린애 같다고 생각하면서도, 그 생각을 즐기면서 산다.

1931년 7월, 함경북도 경성 출신으로 효석보다 여섯 살 아래인 이경원과 결혼하고 경성으로 낙향한다. 그곳에서 첫딸 나미를 얻는다. 그에게 낙이 있다면 학교 농장에서 매일 아침 돌려주는 신선한 우유를 먹이는 것이 즐거움의 하나였다. 여름이면 가까운 독진 해변에 나가 건강을 위해 해수욕을 하였다. 학교 농장에서 많이 나는 밤으로 샌드위치를 만들고 끓인 커피를 보온병에 넣어 가지고 가서 가을 바다를 몇 시간이고 바라보곤 했다고 그는 적고 있다. 경성의 마을에 정이 들면서 나남의 거리도 마음에 들었다. 경성서 십 리 길, 버스로 10분이면 가 닿았다. 때로는 고갯길을 걸어서 혹은 기차와 버스로 자주 다녔다. '카레코'란 빵집에 들러 빵을 사기도 하고 '북광관'이란 서점에도 자주 갔다. 커피 한 잔을 마시려고 십 리 길을 타박거린 일도 있었다. 공원 옆에는 '동'이란 조촐한 찻집이 있었는데, 벽에 실러의 초상이 붙어 있는 이 집의 분위기가 좋아서 일요일이면 나남으로 갔다. 낮에는 사단의 졸병들이 법석을 떠는 바람에 주로 저녁에 들렀다. 밤 열한 시에 경성으로 마차가 갔다. 그 시각까지가 '동'에서 보낸 시간이었다. 3년간의 경성생활을 접고 그가 평양으로 옮겨 산 것은

1934년 스물여덟 나던 해이다. 처음 이사했던 창전리 집은 현관에 담쟁이덩굴이 무성하고 화초밭이 갖추어진 양옥이었다. 특히, 장미꽃을 사랑했고 화원엔 푸록스, 프리믈라, 카카리아 등의 희귀한 화초를 가꾸었다. 피아노를 한 대 사놓고 식구들이 번갈아 가면서 건반을 눌렀다. 축음기도 장만하여 현관에서 노크하는 학생 내객들은 흔히 모차르트의 바이올린 소나타의 멜로디를 들을 수 있었다. 쇼팽의 연습곡을 손수 치는 일도 있었다.

학교에서 퇴근할 적이면 '세르팡'이란 다방에 들러 음악에 귀를 기울이기도 하고 '낙랑'에 들러 코오피 맛을 보다가 30분되는 귀로를 건강 삼아 일부러 걸어 다녔다. 한참 들어오기 시작한 유럽 영화는 빠짐없이 구경하였다. 한 달에 영화 구경이 7~8차나 되는 달도 있다. 양식을 좋아해서 집에는 버터나 통조림이 떨어지는 날이 없었다. 일요일에는 온 식구가 외식으로 양식을 즐기기도 하였다.

- 김용성, 《한국현대문학사탐방》 중에서

푸록스

프리믈라

카카리아

이효석이 마셨던 헤이즐넛 커피는 어떤 맛과 향이었을까? 봉평에 가면 혹시 이효석이 마시던 향 커피를 한 잔쯤 마실 수 있을까. 개암 열매 갈아 넣은 커피보다 헤이즐넛 커피란 단어가 좀 더 향기롭게 느껴지는 가을, 그는 어느 평론가의 글처럼 정말 일본 식민지시대에 백화점에서 갈아온 갓 볶은 원두를 드리퍼에 내려 커피를 마셨을까? 아니면 모카포트로 에스프레소를 추출해 마셨을까? 지금으로부터 80년 전, 1930년대에 그가 즐기던 원두커피는 어떤 것이었을까? 그가 매일 들렀다는 실러의 초상이 붙어 있다는 '동'이라는 나남의 다방에는 생두를 볶아 커피를 추출하는 바리스타가 있었을까? 그리고 그 다방의 이름은 혹시 《고요한 돈 강》의 '돈'은 아니었을까? 혹시 그 커피가 향기로운 헤이즐넛 커피였을까? 푸룩스, 프리믈라, 카카리아라는 꽃은 어떤 꽃이며 어떤 색일까? 그가 30년대에 누리던 낭만과 취향의 흔적을 봉평에 가면 다시 볼 수 있을까? 이 가을 봉평에 가면 메밀전과 막국수가 아니라 낙엽 타는 냄새가 스며있는 이효석 커피를 모차르트의 바이올린 소나타를 들으며 마실 수는 없을까?

그런데 우리가 봉평에서 만난 것은 무엇인가? 그것은 향기로운 헤이즐넛 커피의 향기가 아니라, 질펀하게 퍼져 있는 메밀 부침개의 기름 냄새와 메밀묵 무침 혹은 막국수 한 사발. 아! 절망적이다. 나의 촌스러운 상상력. 혹시 당신도 나와 같은 생각인가? 봉평으로 가던 길을 돌려 대관령을 넘으면 보이는 바닷가 가득 커피 향기가 퍼져있는 강릉으로, 이 시대의 풋내기 딜레탕트들 역시 발걸음을 옮기는 이유는 이렇듯 간단했다. 이 가을 우리가 봉평에 온 것은 향토적 서정이 듬뿍 담긴 막국수를 먹기 위함은 아니기 때문이다.

봉평 이효석 생가 터. 산 밑 언덕 위에 붉은 지붕의 양옥집은 이효석이 1936년부터 1940년까지 평양 창전리에서 살았던 집을 복원해 놓은 것이다.

Art Recipe

📘 워밍업

일단 가을이면 떠오르는 샹송 '고엽(枯葉, Autumn leaves)'의 음원을 확보한다. 이 노래의 가사는 프랑스의 시인 자크 프레베르. 작곡은 조제프 코스마가 1945년에 초연된 롤랑 프티의 발레 작품 <랑데부 Le Rendez-Vous>를 위해 만든 곡. 1946년 이브 몽탕이 영화 <밤의 문 Les portes de la nuit>에서 불렀고 가장 진한 감성은 줄리에트 그레코의 노래인데 구하기가 쉽지 않다. 가능하면 빌 에반스(Bill Evans)의 곡이 좋다. 낮은 중저음으로 재생한다.

☕ 아트레시피

1. 드리퍼나 커피머신으로 약간 맑게 커피 한 잔을 내린다.

2. 귀찮긴 하겠지만 천연 헤이즐넛 시럽을 준비한다.
   (내부분의 시판 헤이즐넛 커피는 인공향을 커피콩에 입힌 것이다. 유통기간이 지나 향미가 떨어지는 저급의 커피 원두에 화학적 향기를 첨가하여 만든 것이므로, 천연 헤이즐넛 시럽을 사용하는 것이 좋다. 그렇지 못하다면 할 수 없이 시판되는 헤이즐넛 커피를 준비한 뒤 거두절미하고 커피를 뽑는다.)

3. 뜨거운 커피에 천연 헤이즐넛 시럽을 넣어 피어오르는 향기를 맡은 뒤 커피 한 모금을 머금은 채 다음의 노래 가사를 찬찬히 새겨 본다. 커피 한 잔을 다 마시는 동안 개암열매, 나뭇잎이 타는 향기, 그리고 자크 프레베르의 시의 향기가 당신의 주위에 오랫동안 남을 것이다.

The falling leaves drift by the window
The autumn leaves of red and gold
I see your lips, the summer kisses
The sun-burned hands I used to hold
떨어지는 낙엽이 창가를 날리네,
붉고 황금색의 가을 낙엽들,
나는 당신의 입술을 보네, 그리고 여름의 키스를,
내가 항상 감싸안던, 햇볕에 그을린 당신의 손 같은 낙엽들.

Since you went away the days grow long
And soon I'll hear old winter's song
But I miss you most of all my darling
When autumn leaves start to fall

그대가 떠난 뒤 하루하루는 더뎌지기만 하네,
우린 이제 곧 겨울의 노래를 듣게 되겠지,
가을, 낙엽이 지기 시작할 때,
사무치게 그리운 내 사랑 당신.

C'est une chanson, qui nous resemble
Toi tu m'aimais et je t'aimais
Nous vivions tous, les deux ensemble
Toi que m'aimais moi qui t'aimais
우리를 닮은 듯한 이 노래,
당신은 나를 좋아했고, 난 당신을 사랑했지,
우리는 서로의 삶을 함께 살았고,
당신은 나를 사랑했어.

Mais la vie sépare ceux qui s'aiment
Tout doucement sans faire de bruit
Et la mer efface sur le sable les pas des amants désunis
하지만 세월은 우리를 갈라놓았어,
아무런 소리도 남기지 않으면서,
그리고 바다의 파도는 모래 위에 새겨진
우리의 발자국을 지워버렸지.

Since you went away the days grow long
And soon I'll hear old winter's song
But I miss you most of all my darling
When autumn leaves start to fall
그대 떠난 뒤 하루하루는 더뎌지기만 하네,
이제 곧 겨울의 노래를 듣게 되겠지,
가을의 낙엽이 지기 시작하면
사무치게 그리운 내 사랑 당신.

Les Feuilles Mortes(고엽)

헤르만 헤세 커피

Hermann Hesse 1877.7.2 ~ 1962.8.9

헤르만 헤세.
그의 이름에서는 바람소리가 들린다.
풀 향기거나 구름이 아름답게 저무는 가을의
저녁노을처럼 여운이 있다.
사람의 이름에도 멜로디가 있구나, 아!
헤르만 헤세.

말년에 자신의 서재에서 집필에 몰입하고 있는 헤르만 헤세

젊은 시절 누구나 한 번쯤 헤르만 헤세Herman Hesse: 1877~1962에 빠지곤 한다. 성장기 청소년들의 필독서 《데미안》이 바로 그 책이다. 《데미안》은 한 소년이 자기 세계를 깨고 성장해 가는 과정을 그리고 있다.

(……) 싱클레어는 자기 자신 속의 두 세계의 갈등으로 즉, 금지된 것과 허락된 것의 사이에서 심한 갈등을 겪고 있다. 베크는 그런 싱클레어를 술집으로 유혹한다. 뒷골목의 어두운 모습, 시궁창의 풍경. 그들은 금지된 구역에 들어서게 되고 자기 소외와 자기 부정에 빠져, 사회에 대해 아예 부정해 버린다. 그는 베크와 함께 카인과 아벨 신화의 이중성, 성의 금욕주의, 연애감정에 대해 생각한다. 다시 데미안을 만나고 데미안은 싱클레어의 타락한 모습에 우려를 나타낸다. 싱클레어는 정신이 성을 갈망하는 육체를 통제하지 못하여 괴로워한다. 싱클레어는 베아트리체를 만나면서 자기 자신의 내부에서 일어 소용돌이치는 마음에 따라 그런 곳에서 벗어나게 된다. 싱클레어가 그녀의 초상화를 그린다. 그가 그린 초상화는 데미안을 닮아가고 있었다. 베아트리체가 아닌 남성적이면서 여성적인 모습으로 변하여 마침내 데미안의 모습으로 변해가고 있었던 것이다. 그는 그 안에서 어느새 데미안을 그리워하고 있다. 싱클레어는 지구에서 날아오르려고 하는 새를 그려 데미안에게 보낸다. 그리고 데미안으로부터 편지 한 통이 도착한다. 더 나은 세계를 향해 날아가는 새, 먼저의 세계를 파괴하고 나온 새, 그리고 신 아프락사스에 관한 이야기였다. 아프락사스는 빛과 어두움의 공존, 선신이면서 동시에 악신이라는 것을 싱클레어는 알게 된다.

그는 데미안의 편지로 자기 내부의 자신을 발견하게 된다. (……)

위의 글은 인터넷에서 일부러 골라 발췌한 글이다. 누군가의 질문에 누군가가 친절하게 《데미안》의 줄거리를 추려 올린 것이다. 채택률 81.1%의 명쾌한 요약이다. 그러나 데미안의 핵심은 다음 문단이다.

새는 알을 깨고 나온다.
알은 새의 세계다.
태어나려는 자는 한 세계를 파괴하지 않으면 안 된다.
새는 신을 향해 날아간다.
그 신의 이름은 아프락사스Abraxas다.

- 헤르만 헤세, 《데미안》 중에서

어린 시절 나는 헤세가 말한 신神 아프락사스Abraxas 이름을 어원과 상관없이 중얼거리며 외우면서 머릿속에 새겨 넣었다. 그렇게 소년에서 성년으로 가는 성인식처럼 삶의 길목에서 한 번은 만나야 되는 작가 바로 헤르만 헤세. 그렇게 시작된 헤세의 독서 여행은 《싯다르타》, 《황야의 이리》, 《지와 사랑》으로 이어지며, 노벨 문학상을 수상한 《유리알 유희》에서 끝이 난다.

헤르만 헤세는 1904년 바젤 출신의 마리아 베르누이와 결혼하여 보덴 호수 근교의 작은 마을 가이엔호펜으로 이주하였다. 몇 번의 이혼을 거치며 그는 문학과 예술의 평생 동반자인 니논 돌빈을 만난다. 그리고 그녀와 함께, 화가 친구 한스 C. 보드머가 평생토록 살게 해 준 몬타뇰라의 새 집으로 이주하였다.

몬타뇰라는 스위스의 최남단 도시 루가노에 위치하고 있다. 커다란 루가노 호수의 건너편에는 이탈리아가 있는데, 그곳에서 그는 문득 옛 친구 니나를 만나게 된다.

몇 달씩 테신 언덕을 떠났다가 돌아올 때마다 나는 그 아름다움에 놀라 감동을 받는다. (……) 세월은 빨리도 흘러간다. 내가 몇 년 전 이 마을로 이사 왔을 때 맨발로 학교를 뛰어다니던 아이들이 그동안 벌써 결혼을 했거나 투가노 혹은 마이란드에서 타자를 치고 있거나 혹은 상점의 계산대 앞에 앉아 있다. 그리고 그때의 노인들, 마을의 할머니와 할아버지들은 그동안 세상을 떠났다. 니나 생각이 난다. 그녀는 아직 살아있는 걸까? 맙소사! 이제야 그녀 생각을 하다니! 니나는 이곳에 몇 안 되는 나의 좋은 친구들 중 한 사람이다. 일흔여덟 살의 니나는 마을의 가장 구석진 곳에 살고 있다. (……) 나는 즉시 길을 나선다. 포도밭을 통과하고 숲길을 내려가다 길을 건너 푸른 협곡을 통과했다. 이제 산을 끼고 가파른 언덕을 오른다. 이 언덕은 여름이면 시클라멘으로 겨울이면 크리스마스 장미로 덮인다. (……) "니나! 날 잊지는 않았겠지?", "오! 나의 시인 선생!", "다정한 친구 당신을 만나다니 정말 반갑소!" (……) 늙은 니나. 처녀 적엔 얼마나 아름다웠을까! 아름답고 대담한 여인이었겠지. 니나는 지나간 여름, 나의 친구들, 나의 누이, 나의 애인을 상기시켜 준다. 니나도 모두 잘 알고 있는 그들을……. 니나는 주전자에 물이 끓는 것을 보고 방금 간 커피를 쏟아 넣는다. 그리고는 내게 커피 한 잔을 가득 채워주고 코담배를 권한다. 우리는 함께 벽난로 앞에 앉아 커피를 마시며 타오르는 불에 커피 앙금을 뱉는다. (……) 니나는 다시 힘들게 일어섰다. 그녀는 거울에 빛바랜 사진들을 꽂아둔 옆방으로 간다. 내게 줄 선물을 찾는 것이다. 그러나 아무것도 찾지 못하고 돌아온 니나는 선물로 내게 낡은 사진 한 장을 준다. (……) 우리가 있는 이곳은 세상과 시대의 바깥쪽인 것이다. 낡고 찌들었으며 퇴락하고 비위생적이지만 그 대신 숲과 산이 가깝고 염소와 닭들이 가까이 있으며 마녀가 나오는 동화가 가까이 있다. 뒤틀린 양철 주전자에서 끓인 커피 맛은 정말 좋다. 진한 맛의 검은 커피는 나무 연기의 쓴맛을 은근히 띠고 향기가 난다.

- 헤르만 헤세, 《수채화가 머무는 시인의 마을》 중에서

뒤틀린 양철 주전자에서 끓인 나무 연기의 쓴맛을 은근히 띤 진한 맛의 검은 커피. 어느 멋진 카페에서 바리스타에게 "헤세 커피 주세요."라고 주문하면 이런 맛의 커피를 뽑아 주었으면 좋겠다. 아니면 그의 문학전집이 꽂혀 있는 북카페에 들러 헤르만 헤세의 서권향 書卷香이 진하게 스민 커피를 마셨으면 좋겠다. 이효석의 커피에 개암 냄새가 배어나듯, 헤르만 헤세의 소설을 읽으며 마시는 커피에서는

헤르만 헤세가 그린 수채화

아프락사스Abraxas란 야릇한 이름의 헤세 커피의 향이 났으면 좋겠다.

이런 상상력을 심리학자인 아서 쾨스틀러는 '이연연상Bisociation: 二連聯想'이라 했다. 주어진 화두에 몰입하다 보면 어느 순간 그때까지는 서로 관계가 없었던 어느 경험이 돌연 관계를 맺는데, 이것이 이연연상이라는 것이다. 몰두와 몰입. 헤르만 헤세의 시나 글들은 바로 그런 화두와 상상력을 작용시키는 묘한 힘을 가졌다.

그래서인가 나는 헤르만 헤세 커피를 생각하다, 문득 '홋도 고이히Hot Coffee'라는 단어가 떠올랐다. 뜨거운 커피, 핫 커피의 일본어 발음이다. '크'나 '프'의 발음이 불가능한 일본어 표기상 커피를 '고이히'라 말할 수밖에 없는 그들의 발음이 엉뚱하게 헤르만 헤세의 이름과 부딪치며 동시에 터져 나온 이연연상……. "우리가 있는 이곳은 세상과 시대의 바깥쪽인 것이다. 낡고 찌들었으며 퇴락하고 비위생적이지만 그 대신 숲과 산이 가깝고 염소와 닭들이 가까이 있으며 마녀가 나오는 동화가 가까이 있다. 뒤틀린 양철 주전자에서 끓인 커피 맛은 정말 좋다. 진한 맛의 검은 커피는 나무 연기의 쓴맛을 은근히 띠고 향기가 난다."가 터트린 폭죽 같은 동기 유발. 그리고 동시에 사이먼과 가펑클의 노래 〈Old friends〉를 연상시켰다. 가펑클 발음 때문에, '헤르만 헤세-커피-홋도 고이히-가펑클'로 이어지는 묘한 파열음의 이연연상은 그렇게 헤르만 헤세 커피의 마력으로 나를 끌고 갔다.

1.

배전두焙煎豆 커피가 맛있는 키사텐Kissaten: 喫茶店 고이와
小岩는 동경의 끝자락 고이와역驛 안에 있다. 지하철에
서 내린 사람들이 향긋한 원두를 갈아 가거나 복숭아
맛 영국제 홍차를 사 가는 작은 카페. 겨우 여섯 명 정
도가 앉을 수 있는 목로에 오후 세 시가 되면 은발銀髮
의 노인들이 어김없이 나타난다. 묵묵히 신문을 펼쳐
들고 공원 벤치에 '북엔드'처럼 앉아서 오후 세 시의
쓸쓸한 커피를 마신다. 마치 사이먼과 가펑클의 올드
팝에 나오는 노인들처럼.

2.

공원 벤치에 '북엔드'처럼 직각으로 앉아 있는 노인들.
바람에 풀밭을 날아다니던 신문 조각이 그들의 구두
코에 무심히 내려앉고, 겨울 외투를 잃어버린 그들. 스
미는 한기를 피하기 위해 해바라기를 하고 있는 겨울
의 동반자들. 도시의 소음들은 남루한 그들의 어깨 위
에 먼지처럼 내려앉고⋯⋯. 아, 당신도 언젠가 그들처

럼 시나브로 일흔 살이 되리니, 당신도 그들처럼 어느 공원 벤치에 쓸쓸히 홀로 앉아 있을 것이리라. 친구여. 그 두려움. 그 쓸쓸함.

3.
우리도 머지않아, 공원 벤치 하나를 차지하고 앉아 석양을 기다리겠지. 2월 어느 날 오후. 오랜 시간 나와 한 길을 걸어와 준 내자內子와 홀연히 일본에 와서 함께 마시는 카페 고이와의 홋도 고이히.

공원에서 노래의 한 소절처럼 오후를 보내는 노인들

Art Recipe

워밍업

헤르만 헤세 박물관(Museo Hermann Hesse) 홈페이지(http://www.hessemontagnola. ch)에 접속한다. 이곳은 스위스의 몬타뇰라(Montagnola)에 있는 토레 카무치(Torre Camuzzi)의 중심부에 있다. 이 사이트에서 웹서핑을 하며 헤세의 예술세계에 잠시 몰입한다. 'hermann-hesse watercolor'란 검색어로 루가노 호수의 근처 몬타뇰라 마을에서 헤세가 그린 수천 점의 수채화 중 몇 점을 골라내고 뉴에이지 피아니스트 베른바르트 코흐의 헤르만 헤세 헌정 음반 《몬타뇰라 Montagnola-Dedicated To Hermann Hesse》의 음원을 찾아 예향을 슬며시 이끌어낸다.

아트레시피

1. 우리 주변에서 너무나 쉽게 구할 수 있는 스위스 레슬러의 커피로 커피 한 잔을 만든다.

2. 뜨거운 커피에 낙엽 대신 덖음차 약간을 넣어 풍미를 보탠다. 그러면 헤세의 오랜 여자 친구가 끓여주던, 낙엽 한 장이 예기치 않게 떨어진 커피 맛에 가까워진다.

3. 녹차 잎이 퍼질 때까지 기다린 뒤 다음의 시를 읽어 본다.

숲속엔 바람, 새들의 노래 소리

높푸른 상쾌한 하늘 위엔

배처럼 조용히 미끄러지는 장려한 구름…

나는 한 금발의 여인을 꿈꾼다.

나는 나의 어린 시절을 꿈꾼다.

저 높고 푸른 넓은 하늘은

내 그리움의 요람.

그 속에 나는 조용히 생각에 잠겨

행복하게 따스히 누워

나직한 콧노래를 부른다.

어머니 품에 안긴

어린애처럼.

헤르만 헤세, <봄날>

다섯째 잔

헤밍웨이와 쿠바 커피

Ernest Miller Hemingway 1899. 7. 21 ~ 1961. 7. 2

나는 어네스트 헤밍웨이Ernest Hemingway: 1899~1961의 소설 《무기여 잘 있거라》와 《누구를 위하여 좋은 울리나》를 책보다 영화로 먼저 만났다. 주말의 영화나 시네마 천국 같은 영화 프로그램을 통해 앞서서 본 것이다. 그러고 나서 그 다음으로 소설을 읽었다. 영화의 영상이 소설의 행간에 깔리면서, 자막으로 읽던 문장들이 좀 더 세밀하게 배경 묘사와 함께 오버랩되는 것을 즐겼다. 그런데 유독 그의 대표작인 《노인과 바다》만큼은 소설을 먼저 읽었다. 석사과정 영어 시험 준비를 위해 한영 대역판을 가지고 밑줄을 그어가며 참으로 꼼꼼하게 정독했다.

좋은 소설이 영화가 된다는 것은 불변의 법칙이다. 소설을 먼저 읽느냐, 영화를 먼저 보느냐는 큰 문제가 되지 않는다. 다만 영화를 먼저 보고 소설을 읽을 때, 훨씬 즐겁게 소설을 읽게 되는 경험을 누구나 한 번쯤 하였을 것이다. J. R. R. 톨킨의 소설 《반지의 제왕》은 피터 잭슨 감독의 영화를 보고 나서 읽는 게 옳다. 그러면, 끔찍하게 지루했던 그의 소설도 가볍게 책장이 넘어 간다. 나의 헤밍웨이 탐독도 그러했다.

헤밍웨이는 행동하는 작가였다. 답답하게 책상머리에 붙어 있는 책상물림이 아니었다. 1918년 적십자의 일원으로 이탈리아 북부의 호사루타 전선에 앰뷸런스 기사로 자원하여 중상을 입었으며, 스페인 내전에 돌연히 뛰어 들어가 군사 독재자가 된 프랑코에 맞서 싸운다. 또한 제1차 세계대전에도 종군기자로 참여했고, 그 체험을 바탕으로 《누구를 위하여 종은 울리나》와 《무기여 잘 있 거라》를 집필했다.

그의 대표작 《노인과 바다》에는 거대한 황새치를 잡는 바다낚 시와 아프리카의 사자 사냥의 실전 경험이 녹아 있다. 헤밍웨이는 소설의 배경이 된 쿠바 아바나 남동쪽에 있는, '전망대 목장'이라 는 뜻을 가진 핑카 비히아Finca Vigia에서 1939년부터 1959년까지 살 았다. 지독하게 쿠바를 사랑한 소설가 헤밍웨이……

지금은 헤밍웨이 박물관이 된 쿠바 아바나 남동쪽 핑카 비히아(Finca Vigia) 저택

세렝게티 초원에서의 사자 사냥

소년은 밖으로 나갔다. 그들은 식탁에 불도 켜지 않고 식사했기 때문에, 노인은 어둠 속에서 바지를 벗고 자리에 들었다. 노인은 바지를 말아서 가운데 신문지를 끼워 베개를 대신했다. 그리고는 몸을 담요로 둘둘 말고 침대 스프링 위에 깐 헌 신문지 위에서 잤다. 노인은 곧 잠이 들었고 소년시절 본 아프리카의 꿈을 꾸었다. (……) 노인은 잠 속에서 갑판 위에 칠한 타르와 뱃밥 냄새를 맡고 육지에서 불어오는 아침의 미풍이 실어다 주는 아프리카의 향기를 맡았다. 육지의 미풍 향기를 맡을 즈음이면 그는 눈을 떴다. 그리곤 옷을 입고 언제나 소년을 깨우러 가곤 했다. 그러나 오늘 밤에는 육지에서 불어오는 미풍의 향기가 너무 일찍 풍겨서 그는 꿈속에서도 아직 너무 이르다는 것을 알았다. 그리고 다시 꿈속으로 들어가서 섬의 흰 봉우리들이 바다 위에 우뚝 솟은 것을 보고 또 이어서 카나리아 군도의 여러 항구들과 정박장 꿈을 꾸었다. 요즈음 폭풍우의 꿈, 여자의 꿈, 큰 사건과 큰 고기의 꿈, 싸움 또는 힘을 겨루는 시합의 꿈은 꾸지 않았고 아내의 꿈도 꾸지 않았다. 이곳저곳 장소에 관한 꿈과 해변의 사자 꿈만 꾸었다. 황혼의 어스름 속에 노는 사자들은 마치 고양이 새끼들 같았고 노인은 자신이 소년을 사랑하는 것처럼 그 사자들을 사랑했다.

- 헤밍웨이, 《노인과 바다》 중에서

헤밍웨이는 1933년 탕가니카에 커피 농장을 가지고 있는 사냥 친구 쿠우퍼 소령의 조언을 받고, 1934년 아프리카로 수렵여행을 나선다. 자신이 좋아하던 30-06 스프링필드형 라이플 엽총을 들고 세렝게티 초원을 누비며 사자들을 보이는 대로 쏘아 쓰러뜨렸다. 세렝게티 초원에서의 사냥. 열렬한 바다낚시광. 거대한 마알린 어魚를 보트 가득 잡아내는 스포츠 낚시의 대가 헤밍웨이. 그의 모든 것이 담긴 소설이 바로 《노인과 바다》이다.

1943년 세렝게티 초원에서의 헤밍웨이

연유 깡통에 담긴 쿠바 커피

헤밍웨이는 술을 무척 좋아했다. 생애 마지막 20여 년 동안 매일 위스키를 1L씩을 거침없이 들이켰다. 그래서 그의 소설을 사랑하는 사람들 중 와인 마니아들은 그가 사랑한 와인 샤도 마고 Chateau Margaux를 최고로 꼽는다. 그 술을 얼마나 좋아했으면 영화배우 겸 슈퍼모델로 이름을 날린 그의 손녀 이름을 마고 헤밍웨이 Margaux Hemingway라 지었을까. 그뿐 아니라 그가 쿠바에 자리를 잡고 소설을 쓰던 시절, 즐겨 마시던 모히또Mojito와 다이커리Daiquiri를 이름하여 '헤밍웨이 칵테일'이라 부른다. 둘 다 뭐 대단할 것도 없는 술인데, 다이커리는 럼을 베이스로 라임주스와 설탕을 넣어 얼음과 함께 믹서에 간 것이고, 모히또는 나무막대로 박하 잎을 찧어 즙을 내고 라임을 숭덩숭덩 썰어 넣어 설탕과 소다수를 섞은 것이다.

그러나 내가 그에게서 찾은 것은 술뿐만이 아니었다. 카페 라 테라자의 연유 깡통에 든 커피를 발견한 것이다. 바로 쿠바 커피였다. 1748년 스페인인 돈 호세 헤럴드가 하이티의 커피 농원에서 커피를 가져오면서 시작된 쿠바 커피. 비옥한 화산토양과 열대성 기후, 적당한 강수량과 배수가 잘 되는 땅 등 커피가 자라는 데 부족함이 없는 자연 조건 속에서 맛이 좋고 향기가 뛰어난 커피가 생산되었다. 단맛, 신맛, 쓴맛의 적절한 조화로 최고의 커피라 불리는 자메이카 블루마운틴에 대적할 만한 최고급 품질의 커피가 바로 쿠바 커피이다.

에스캄브라이 산맥의 커피가 자라는 숲속에 비치는 햇빛이 마치 수정 같다고 하여 이름 붙여진 '크리스털 마운틴'. 그곳에선 커피를 '생각하는 향기'라고 부른다. 그렇게 쿠바는 세계 최고급 커피 중 하나인 '터퀴노Turquino'를 생산하면서 한동안 2,000개가 넘는 커피 공장을 보유한 커피 강국이었다.

《노인과 바다》의 시작과 끝에는 소년 마놀린이 카페 라 테라자에서 사온, 연유 깡통에 담긴 진한 쿠바 커피 향이 번져 있다.

소년은 카페 라 테라자에 들어가서 긴 양철통에 커피를 하나 가득 달라고 청했다.

"뜨거운 걸로 주세요. 그리고 밀크와 설탕을 많이 넣어 주세요."

"뭐 더 필요한 거 없니?"

"이만하면 됐어요. 나중에 또 잡수실 수 있는가 알아보죠."

"굉장한 고기던데?" 하고 가게 주인이 말했다.

"그런 고긴 난생 처음 봤다. 어제 네가 잡은 고기 두 마리도 꽤 좋은 놈이었지만······."

"그까짓 내 고기는 아무것도 아녜요."

소년은 겨우 그렇게 말하고 흐느끼기 시작했다.

"너도 뭐 좀 마시지 않을래?" 하고 주인이 물었다.

"아뇨." 하고 소년은 대답했다.

(……)

소년은 커피가 든 뜨거운 깡통을 들고 노인의 오두막으로 올라갔다. 그리고는 노인 곁에 앉아서 그가 깰 때까지 기다렸다. 한 번은 꼭 깰 것 같더니 노인은 다시 깊은 잠이 들어 버렸다. 소년은 그 사이에 장작을 얻어다가 커피를 데우려고 길 건너까지 다녀왔다. 마침내 노인이 잠에서 깨었다.

"일어나지 마세요." 하고 소년이 말했다.

"이걸 마시세요."

소년은 커피를 유리잔에 따랐다. 노인은 그것을 받아서 마셨다.

"마놀린아, 놈들에게 내가 당했단다." 하고 노인은 말했다.

"그놈들이 정말 나를 이겼지."

"그놈한테 진 건 아니죠. 그 고기한테 말이에요."

"그래 그렇단다. 고기한테 진 것이 아니고 나중에 당한 것이란다."

(……)

빈 맥주 깡통들과 죽은 꼬치고기들 사이에서 바다를 내려다보고 있던 한 여인이 커다란 꼬리만 우뚝 솟은 길고 하얀 등뼈를 보았다. 마침 동풍이 항구 어귀 밖에 줄기찬 파도를 불러일으키고 있었는데, 그 허연 등뼈와 꼬리는 물결같이 떠 올라와서 출렁거리고 있었다.

"저건 뭐예요?"

그 여인은 급사에게 물으면서 그저 물결에 실려 나가기만을 기다리는 쓰레기에 불과한 그 커다란 고기의 등뼈를 손가락으로 가리켰다.

"터부론이죠."하고 웨이터가 대답했다.

"상어의 일종인텝쇼."

웨이터는 고기에 얽힌 사연을 설명해 주려고 하는 참이었다.

"난 상어란 놈이 저렇게 멋있고 아름다운 꼬리를 가진 줄 미처 몰랐어요."

"나도 몰랐는걸."하고 동행인 남자가 대답했다.

그때 길 저쪽 위의 오두막 속에서는 노인이 다시 잠들고 있었다. 그는 얼굴을
파묻고 엎드린 채 아직도 잠들어 있었다. 소년은 그 곁에 앉아서 잠자는 노인
을 지켜보고 있었다. 노인은 사자 꿈을 꾸고 있었다.

- 헤밍웨이, 《노인과 바다》 중에서

헤밍웨이의 소설을 원작으로 하는 동명의 영화 <노인과 바다>

헤밍웨이의 마지막 순간

헤밍웨이는 재치 있고 쾌활하고 성미가 급한 반면, 호탕하고 이기적이며 개방적이고 자기중심적이었다. 쾌락적이고 헌신적이었으며, 삶을 사랑하면서도 그 자신이 고백했듯이 죽음에 대한 강박관념에 사로잡혀 있었고, 타고난 스포츠맨이자 닥치는 대로 책을 읽는 사람이었다. 또한 술을 많이 마시고도 아침 일찍 일어났으며, 관습에 얽매이지 않고 복잡한 생활을 했으며, 유능하면서도 늘 손해를 입었는데, 결국 무자비하게 자기 자신을 버린 용기의 화신(한 유명한 구절에서 그는 용기를 '압력에도 굴하지 않는 품위'라고 정의함) 그 자체였다.

브리태니커 백과사전의 P. Young의 글로 정리된 헤밍웨이의 일생이다. 그는 일생의 마지막 순간에 은제상안세공銀製象眼細工으로 된 12구경 쌍발 리차드슨 엽총을 쓰다듬은 뒤, 1962년 7월 2일 아침 7시 아이다호주 선밸리의 케첨이라는 소읍의 2층 침실에서 총구를 입에 물고 방아쇠를 당겼다. 헤밍웨이답게……. 깨끗하게 또는 무자비하게 자신을 버린다. 그렇게 그는 우리네 삶에서 홀연히 사라졌다. 내가 꿈꾸는 생의 마지막 모습처럼…….

모히또 향이 스민 담배 한 갑을 사고 나서,
체게바라가 인쇄되어 있는
쿠바 커피를 마시면
머리는 제 스스로 맑아질 것 같다.
숲속으로 비치는 햇빛이
수정 같다는 '크리스털 마운틴' 한 잔의
생각하는 향기에 끌려

깨끗하게 이승의 삶을 거두는
방법은 무엇일까.
그런 종말, 스스로 극적인 선택.
헤밍웨이처럼.
그리고 문득
체게바라*를 떠올린다.
쿠바엔 헤밍웨이 말고도
이승에서 깨끗하게 사라진
또 한 명의 사람이 있었다.

[End the Embargo ON Cuba Coffee]

공정무역 커피인 'End the Embargo on Cuba Coffee'는
체게바라의 얼굴이 인쇄되어 있어 소장가치가 높다.

* 체게바라: 아르헨티나 출생의 쿠바 정치가이자 혁명가로, 사르트르가 '20세기 가장 완전한 인간'이
  라고 일컬었던 인물.

Art Recipe

☕ 워밍업

2005년 칸 국제영화제 폐막작으로 선정되며 화제를 모은 <하바나 블루스> 오리지널사운드트랙(OST)을 튼다. 쿠바산 시가를 구할 수 있으면 좋고 아니면 국산 담배 중 쿠바산 시가 잎이 들어 있다는 보헴 모히또 한 곽을 구한다. 담배를 피우지 않으면 주변에 향기만 풍긴다.

☕ 아트레시피

1. 어렵겠지만 쿠바 커피 크리스털 마운틴 원두를 구한다. 가능하다면 쿠바산 유기농설탕도 준비한다.

2. 완벽하게 준비가 끝나면 원두를 갈아 드리퍼에 커피를 내린다. 그리고 출처는 불분명하지만 사람들에게 가장 많이 회자되는 헤밍웨이의 명언을 주문처럼 외우며 천천히 쿠바커피를 즐긴다.

태양은 또다시 떠오른다.

태양은 저녁이 되면 석양이 물든 지평선으로 지지만,

아침이 되면 다시 떠오른다.

태양은 결코 이 세상을 어둠이 지배하도록 놔두지 않는다.

태양은 밝음을 주고 생명을 주고 따스함을 준다.

태양이 있는 한 절망하지 않아도 된다.

희망이 곧 태양이다.

빈센트 반 고흐 커피

살아생전 빈센트 반 고흐Vincent van Gogh: 1853~1890는 지독한 가난과 굶주림과 질병에 시달렸다. (그것이 어디 빈센트 반 고흐뿐이겠는가! 불후의 명작을 남긴 예술가들의 삶에는 가난이라는 꼬리표가 늘 숙명처럼 붙어 있다.) 1890년 37세의 나이에 권총의 총구를 스스로에게 겨누어 자살하였다. 그렇지만 그때까지 누구도 그의 예술세계를 주목하지 않았다. 이러한 빈센트의 예술과 삶을 감미롭고 달콤한 목소리로 전해주는 노래가 있다. 미국 출신의 포크 싱어 송 라이터 돈 맥클린의 노래 <빈센트>가 그것이다.

별들이 총총 빛나는 밤입니다.

팔레트에 파란색과 회색을 칠하세요.

내 영혼이 스민 어둠, 그것을 알고 있는 눈으로

여름날의 풍경을 바라보아요.

언덕 위의 그림자들

나무와 수선화를 스케치해 봐요.

부드러운 바람과 겨울의 찬 공기도 화폭에 담으세요.

눈처럼 하얀 리넨의 캔버스 위에 색을 입히세요.

(……)

별들이 찬란히 빛나는 밤.

당신이 이제 무얼 말하려 했는지 이제 나는 알 듯합니다.

당신의 광기로 당신이 얼마나 고통 받았는지

그리고 얼마나 자유로워지려 노력했는지

사람들은 알지도 못했고 들으려고 하지도 않았지만

아마 그들은 이제는 듣고 있을 거예요.

나 이제 당신이 무엇을 말하려 했는지 알 듯합니다.

당신 스스로 광기 때문에 얼마나 고통 받았는지

그리고 그것으로부터 자유로워지려 얼마나 노력했는지

사람들은 알려고 하지 않았고 영원히 들으려고 하지도 않았지만

이제는 그들도 듣고 있을 거예요.

- 돈 맥클린, <빈센트>

<별이 빛나는 밤> (1889년)

누구도 주목하지 않았고, 생전에 대가의 반열에 오르지는 못했지만 빈센트는 결코 외롭지 않았다. 그가 지닌 예술적 천재성을 믿어 주는 단 한 사람의 동반자가 있었기 때문이다. 바로 그의 동생인 테오도뤼스Theodorus 반 고흐다. 그는 빈센트의 정신적, 물질적 지주로 형의 예술을 뒷바라지하며 일생을 보냈다. 그 역시 형처럼 점원에서부터 시작하였고, 탁월한 사교성으로 점점 성공할 수 있었다. 그리하여 테오는 빈센트가 오로지 그림만 그리며 화가의 길을 갈 수 있게 경제적 도움과 용기와 희망을 주면서, 그가 생업의 모든 것을 접고 그림만을 그릴 수 있도록 묵묵히 뒷바라지를 했다. 이런 그의 헌신은 빈센트가 죽을 때까지 한결같이 계속되었다.

빈센트 반 고흐는 동생의 희생과 헌신으로 10년 동안 880여 점이 넘는 작품을 남긴다. 병약한 빈센트는 충동적인 성격과 돌출 행동으로 사람들과 어울리지 못했고 간질, 귀앓이 같은 병을 달고 살았다. 게다가 수시로 발작을 일으키곤 했다. 이러한 상황의 빈센트는 인간으로서의 고뇌와 예술가로서의 갈등을 하나도 남김없이 편지에 적어 동생에게 보낸다. 그가 보낸 668통의 편지 속에는 가난한 천재 화가 빈센트 반 고흐의 예술적 고뇌와 번민이 담겨 있다.

빈센트는 유달리 커피를 좋아했다. 1885년 12월 28일 한해가 저물 무렵 동생 테오에게 보낸 편지에서 그는 정말로 절실하게 한 잔의 커피와 빵 한 조각이 필요한 이유를 적어 보낸다.

테오에게

너무 오랫동안 제대로 된 식사를 하지 못한 탓에 네가 보내준 돈을 받았을

때는 어떤 음식도 소화시킬 수 없는 형편이었다. (……) 사실 그림을 그리고

있을 때면 에너지가 넘치고 정신이 명료한데 집 밖으로 나가기만 하면 야외

에서 작업하는 게 너무 힘든지 순식간에 허약해지는 것 같다. 그림에 몰두

하는 것이 사람을 아주 지치게 하나 보다. (……) 상상하기 어려울지 모르지

만, 내가 돈을 받았을 때 간절하게 바라는 것은 무엇을 먹는 것이 아니라 그

림을 그리는 것이다. 비록 밥을 못 먹고 있었지만 아니 어쩌면 그렇기 때문

에 더욱 그림을 원하는 것인지도 모르지, (……) 계속 그림을 그리려면 이곳

사람들과 함께하는 아침 식사와 저녁에 찻집에서 약간의 빵과 함께 마시는

커피 한 잔이 꼭 필요하단다. 형편이 허락한다면 야식으로 찻집에서 두 잔

째의 커피를 마시고 약간의 빵을 먹거나 가방에 넣어둔 호밀 흑빵을 먹는

다면 더욱 좋겠지. 그러나 그림을 그리고 있을 때면 그것만으로 충분하다

는 생각이 든다.

- 빈센트 반 고흐, 《반 고흐, 영혼의 편지》 중에서

거친 호밀 흑빵 한 쪽과 한 잔의 커피가 빈센트 반 고흐에게는
이처럼 절실했다. 동생 테오에게 보낸 반 고흐의 편지를 읽으며 문

득 숙연해지는 것은 무엇 때문일까?

그 커피 한 잔 속에 담긴 의미는 잠시 동안의 휴식과 여유이거나, 혹은 걸 그룹 소녀시대의 노래 <캐러멜 커피Talk to me>의 가사 "커피 한 잔 어때요? / 무슨 말을 하고 싶나요? / 저 석양을 담은 그 두 눈이 / 날 설레게 해 / 어떤 커피가 좋아요? / 난 더 그댈 알고 싶은데……"처럼 유혹과 대화의 기능을 가진 배부른 자의 사치가 아니라, 정말로 없으면 안 되는 절실한 생명의 양식으로서의 커피였기 때문이리라.

빈센트의 편지는 "눈물 젖은 빵을 먹어 보지 않은 사람과는 인생을 말하지 말라."는 말에 '눈물의 커피 한 잔'이 더 보태지게 한다. 빈센트의 편지를 읽기 전까지 나는 빈센트 반 고흐의 그림 속 <밤의 카페>가 깔고 있는 밝은 노란색에 홀려 그곳을 가볍고 경쾌한 대화가 오가는 로맨틱한 장소라고 상상하였다. 그곳에서 커피 한 잔을 마시면 우울하고 짜증나는 일상의 스트레스가 말끔하게 사라질 것 같은 생각의 오류를, 편지를 읽고 나서야 비로소 바로 잡게 된 것이다.

그 카페는 당시에 존재했고 지금도 문화유산으로 남아 있지만, 빈센트 반 고흐의 <밤의 카페>는 내 예상과는 전혀 다른 곳이었다. 힘든 하루의 노역을 끝낸 농부가 스스럼없이 지친 몸으로 찾아와 딱딱한 빵 한 조각을 곁들여 한 잔의 커피에 적셔 먹으며 삶

의 고단함을 푸는 곳이었다. 그러고 다시 보니 그림 속의 실내는
거친 표면의 마룻바닥과 그리 편해 보이지 않는 나무의자뿐, 우아
한 샹들리에가 달려 있는 실내가 아니었다. 빈센트의 말대로 창백
한 유황빛의 음울한 용광로 지옥 같은 분위기였다. 그가 그려낸
카페는 유럽의 커피하우스처럼 우아하게 예술과 문화적 담론이

<포룸 광장의 카페테라스> 모델이 된 카페 라뉘. 지금은 반 고흐 카페로 이름이 바뀌었다.

<밤의 카페>(1888년)   <포룸 광장의 카페테라스>(1888년)

오가고 지성적인 사람들이 모여 프랑스 혁명을 촉발할 정치적 논쟁이 불꽃 튀거나 사교적 의상을 차려입은 상류계급의 여인들이 자리를 장악한 곳이 아니라, '속을 알 수 없고 권태로워 보이는 분위기나 분명치 않은 입 모양새나' 모든 것이 자신의 아버지와 닮은 초라한 농부가 아무 거리낌 없이 불쑥 들어와 자리를 차지하는 그런 남루한 곳이었다.

테오에게

오늘부터 (……) 카페 내부를 그리기 시작할 생각이다. 저녁에 가스불 아래에서 사람들은 이곳을 밤의 카페라고 부르는데 밤새도록 열려 있는 카페. (……) 푸른 밤 카페테라스의 커다란 가스등이 불 밝히고 있다. 그 옆으로 별이 반짝이는 파란 하늘이 보인다. (……) 밤풍경이나 밤이 주는 느낌 혹은 밤 그 자체를 그리는 일이 아주 흥미롭다. (……) 우체국에서 얼마 전에 그린 그림을 부치면서 새 그림 <밤의 카페> 스케치도 함께 넣는다. (……) 부드러운 분홍색을 핏빛 혹은 와인빛 도는 붉은색과 대비해서 또 부드러운 녹색과 베로네즈 녹색, 노란빛 도는 녹색과 거친 청록색과 대비해서 평범한 선술집이 갖는 창백한 유황빛의 음울한 용광로 지옥 같은 분위기를 부각하려 했다. (……) 이 편지를 쓰고 있는데 아버지와 닮은 초라한 농부가 카페로 들어 왔다. 정말 놀랄 만큼 닮았다. 특히 속을 알 수 없고 권태로워 보이는 분위기나 분명치 않은 입모양새나 (……) 그 모습

을 그리지 못한 게 아쉽다. (1888년 9월)

- 빈센트 반 고흐, 《반 고흐, 영혼의 편지》 중에서

빈센트가 마신 커피와 거친 호밀 빵 한 조각. 어느 지방의 소도시에 누구나, 어떤 격식도 위장된 문화적 사치도 없는 그런 카페. 빈센트 반 고흐는 그의 붓으로, 커피 한 잔이 일용할 양식이자 생존 그 자체인 가난한 이들에게 일상의 노역에서 잠시 쉬어 갈 쉼표와 같은 휴식과 편안함을 주는 곳을 찾아낸 것이다.

빈센트는 밤의 카페가 있는 마을 오베르에서 권총으로 자살한다. 그리하여 숙명 같은 궁핍 속에서 그림을 그리는 것과 그것 때문에 동생에게 경제적 도움을 받아야 한다는 부담에서 비로소 자유로워진 것이다.

그렇게 천재 화가는 죽었다. 생전 팔려나간 그의 작품이란 안나보흐라는 사람이 사 가지고 간 〈붉은 포도밭〉 한 점이 전부였다. 그리고 빈센트가 사망한 지 6개월 만에 그의 절대적 후원자이며 예술의 동반자였던 동생 테오도 확실한 이유 없이 사망하고 말았다. 형의 죽음이 동생 테오에게 생존의 의미를 잃게 해서였을까?

여하튼 절박한 생존의 음료이자 생명의 양식인 커피. 그것은 빈센트 반 고흐가 내게 준 새로운 메시지였다. 내가 그런 빈센트 반고흐를 다시 만난 것은 외환은행에 근무하는 시인 김삼환의 선물

때문이었다. 그는 어느 날 고객사은품으로 나온 합성피혁 지갑 하나를 내게 건네주었는데, 거기에는 빈센트 반 고흐의 <포룸 광장의 카페테라스>가 그려져 있었다.

빈센트 반 고흐의
<포룸 광장의 카페테라스>가 새겨진 지갑

빈센트 반 고흐의 〈포룸 광장의 카페테라스〉가 새겨
진 가죽지갑 하나를 얻었다. 오늘부터 나는 부드러운
녹색과 베로네즈 녹색, 노란빛 도는 녹색 별들이 빛나
고 있는 빈센트의 카페 하나를 뒷주머니에 접어 넣고
다니게 된 것이다. 오늘 이후 나는 커피가 마시고 싶을
때면 언제라도 지갑에서 약간의 현금을 꺼내 스스럼
없이 한 잔의 커피와 한 조각의 빵을 뜯으며 밤의 향
취를 즐기게 될 것이다. 참으로 가슴이 아린, 카페 하
나가 내 뒷주머니에 들어왔다.

Art Recipe

🍵 워밍업

빈센트 반 고흐 <밤의 카페> 그림이 있는 머그잔을 구해 놓은 뒤, <생각의 나무>에서 출간한 빈센트 반 고흐 도록의 두 가지 표지 중 <가지 친 자작나무>가 아닌 <아몬드 꽃> 표지 그림의 책을 편다. 그 다음 돈 맥클린의 노래 <빈센트>를 튼다.

🍵 아트레시피

1. 소위 반 고흐의 커피라 알려진 예멘 모카 마타리(Yemen Mocha Mattari)를 구해 커피를 내린다.

2. 통밀이나 호밀로 만든 딱딱한 빵을 빵칼로 썰어 준비한다.

3. <밤의 카페테라스> 그림 머그잔에 커피를 가득 담고 향기로운 커피에 빵을 적셔 먹으며 천천히 도록을 넘기면서 친한 친구에게 손글씨로 편지를 쓴다. 마치 빈센트처럼…….

이 사랑이 시작될 때부터, 내 존재를 주저 없이 내던지지 않는다면

아무런 승산도 없다는 걸 알고 있었다.

사실 그렇게 나를 던진다 해도 승산은 아주 희박하지.

사랑에 빠질 때 그것을 이룰 가능성을 미리 헤아려야 하는 걸까?

이 문제를 그렇게 할 수 있을까?

그래서는 안 되겠지. 어떤 계산도 있을 수 없지.

우리는 사랑하기 때문에 사랑하는 거니까.

1881. 11. 10.

빈센트 반 고흐가 동생 테오에게 보낸 편지 중에서

소설 《백경白鯨》과
'별다방' 이야기

Herman Melville 1819. 8. 1 ~ 1891. 9. 28

이즈음 길을 걷다 보면 담뱃가게보다 흔한 것이 커피전문점이다. 언제부터 커피전문점이 우리 삶에 이렇게 흔한 장소가 되었을까? 그곳에 들어서면 커피가 가득 담긴 종이컵 하나를 놓고 노트북을 펼쳐 들고 있는 젊은이들을 쉽게 만날 수 있다. 공부는 도서관에서 하는 것만이 아니었다. 커피숍은 이제 무선인터넷과 와이파이Wi-Fi 존으로 무장했고 단순히 커피를 마시는 곳이 아니라 문화적 공간으로 자리 잡았다.

모든 사람들은 커피를 마시는 본래 목적 말고도 대화를 나누거나 혼자만의 시간을 즐기기 위하여 커피숍을 찾는다. 이미 순수한 커피의 원재료비 이외에 문화적 시설과 서비스를 이용할 충분한 값을 당당하게 치렀기 때문이다.

그런 곳 중 하나가 '별다방'이라 불리는 곳, 바로 '스타벅스Starbucks'이다. 그런데 왜 하필 가게 이름이 스타벅스일까? 스타벅스는 허먼 멜빌Herman Melville: 1819~1891의 소설 《백경白鯨: Moby Dick》에 등장하는 (커피를 무척 좋아했던) 낸터킷 출신 포경선 피쿼드호의 일등 항해사 스타벅스의 이름에서 따온 것이다.

고든은 새로 오픈하는 스토어의 이름을 짓기 위해 그의 창의적인 파트너인 테리 헤클러와 상의했다. 고든은 멜빌의 《모비 딕》이라는 작품에 나오는 배의 이름 피쿼드Pequod를 따서 이름을 짓자고 주장했다. 그러나 테리는 "너 어떻게

된 것 아니야? 아무도 파-쿼드(파는 오줌, 쿼드는 교도소를 연상케 함)를 마시러 오
는 사람은 없을 거야."라고 반대했다. 그들은 시애틀이 위치하고 있는 북서지
역과 연관된 독창적인 이름을 짓기로 했다. 테리는 금세기초 붐이 일었던 레이
니어 광산의 갱 이름들을 조사해 보더니, '스타보Starbo'라는 이름이 어떨까 하
고 제시해 왔다. 활발히 의논한 후에 그 이름은 '스타벅스'로 바뀌었는데, 문학
을 사랑하는 테리가 다시 《모비 딕》과 연결시켰던 것이다. 왜냐하면 우연하게
도 피쿼드호의 일등 항해사의 이름이 바로 스타벅스였기 때문이다. 스타벅스
는 1971년 4월 아무런 팡파르도 울리지 않은 채 문을 열었다.

- 하워드 슐츠, 《스타벅스, 커피 한 잔에 담긴 성공신화》 중에서

내 이름은 이스마엘이다. 내 입가에 우울한 빛이 떠돌 때, 관을 쌓아두는 창고
앞에서 저절로 발길이 멈출 때, 즉 내 영혼에 축축하게 가랑비 오는 11월이 오
면 나는 빨리 바다로 가야 한다는 것을 안다.

- 허먼 멜빌, 《백경》 중에서

소설 《백경》은 이렇게 시작된다. 인간과 거대한 자연의 대결을
다룬 이 이야기는 방랑자 혹은 '야생 당나귀의 후손'이라는 셈족
조상의 몸종인 하갈이 낳은 아브라함의 서자, 이스마엘의 눈을 통
해 펼쳐진다. 영화와 소설의 주인공인 그는 성경 속의 젊은 이스마
엘과 마찬가지로 육지 생활에 큰 불만을 품고 고래잡이 배, 포경선

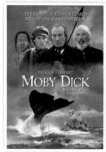

영화 <백경(Moby Dick)>의 포스터와 장면들

피쿼드호를 타게 된다. 그러나 그 배는 단순한 배가 아니었다. 포경
선장 에이허브는 머리가 흰 거대한 고래 모비 딕에게 한쪽 다리를
잃은 뒤 복수심에 불타, 만나는 포경선마다 백경 모비 딕의 행방을
묻는다. 모비 딕에게 팔을 잃은 앤더비호의 부머 선장의 충고도 무
시하고, 모비 딕의 공격으로 잃어버린 아들을 찾아 헤매는 레이첼
호의 호소도 외면한다. 피쿼드호의 일등 항해사 스타벅스는 선장
의 오판을 인식한다. 피쿼드호의 출항 목적은 향유고래를 잡아서
기름을 채우는 것이지, 모비 딕이라는 녀석과 사투를 벌이는 것이
아니었기 때문이다. 그러나 에이허브의 증오심은 아무도 막을 수
없었다. 대서양, 인도양, 태평양을 돌아다닌 끝에 마침내 피쿼드호
는 모비 딕과 마주친다. 급기야 에이허브와 흰 고래 모비 딕의 목숨
을 건 싸움이 시작된다. 모비 딕을 쫓기 위한 세 대의 보트에 에이

허브, 이등 항해사 스텁, 삼등 항해사 플라스크가 각각 올라탄다. 그때 스타벅스는 피쿼드호를 지킨다. 장장 사흘 동안 밤낮으로 모비 딕과 사투를 벌인 끝에 에이허브 선장이 쏜 작살은 명중했지만 모비 딕은 결국 그를 바다 속으로 함께 끌고 들어가 버리고, 스타벅스의 우유부단과 맹목적인 충성 때문에 결국 피쿼드 호도 침몰한다. 그리고 가까스로 혼자 살아남은 이스마엘만이 홀로 표류하게 된다. 소설《백경》은 그렇게 끝이 난다.

스타벅스에서 커피를 마실 때면 소설《백경》의 이야기가 떠오르는 것은 스타벅스라는 그 이름 때문이다. 그뿐 아니라 또 하나의 인물, 바로 로고에 박힌 여인 '세이렌'이 떠오른다.

세이렌Σειρήνες은 그리스 신화에 나오는 여인으로, 상반신은 여자이고, 하반신은 독수리의 모습을 가진 바다의 요정을 말한다. 세이렌은 이탈리아 반도 서부 해안의 절벽과 바위로 둘러싸인 사이레눔 스코풀리라는 섬에 사는 바다의 님프들인데, 그의 어머니는 하신 아켈레오스이며 아버지는 무사 멜포메네나 스테로페이다. 그 둘의 결합으로 낳은 딸들은 모두 3명(피시오네, 아글라오페, 텔크시에페이아 혹은 파르테노페, 레우코시아, 리기아), 혹은 4명(텔레스, 라이드네, 몰페, 텔크시오페)이라고 알려져 있다. 세이렌들은 섬에 선박들이 가까이 다가오면 아름다운 노랫소리로 선원들을 유혹한다. 요염한 유혹. 그리하여 참을 수 없는 욕정에 휘말린 바닷사람들을 바다에 뛰어들

'세이렌'이 그려진 스타벅스의 로고

게 하고, 결국엔 죽게 만드는 악마적인 힘을 지녔다는 세이렌의 노래. 수많은 남성들은 그녀의 힘에 끌려 허망하게 목숨을 바칠 수밖에 없었다.

그러나 세이렌은 두 차례에 걸쳐 목적을 달성하는 데 실패했다. 그 두 사람 중 하나가 오뒤세우스이다. 그는 세이렌의 유혹을 이겨내기 위하여 부하들에게 자신의 몸을 돛대에 결박하고 어떤 일이 있어도 자신의 결박을 풀지 말라고 했다. 예상대로 세이렌의 참을 수 없는 유혹의 노랫소리가 들려왔고 오뒤세우스는 결박을 풀어내려고 몸부림쳤다. 그러나 귀마개를 쓴 부하들이 오뒤세우스의 명령대로 그를 더욱 단호하게 결박하였다. 그렇게 배는 세이렌이 부르는 유혹의 노래로부터 간신히 벗어났다. 문제는 세이렌이었는데, 모욕감을 느껴 모두 자살하고 말았다고 한다.

그리고 또 다른 한 사람, 뛰어난 음악가이자 시인인 오르페우스.

그는 황금 양털을 찾기 위해 아르고라는 선박을 타고 항해하던 도중에 세이렌의 노래를 듣게 된다. 그런데 오르페우스가 세이렌보다 더 아름다운 노래를 불러 맞대응하자 이에 모욕감을 느낀 세이렌이 바다에 몸을 던져 바위가 되어 버렸다. 시인의 힘, 시의 위대함이 여실히 증명된 순간이었다.

위험을 알리는 경보를 뜻하는 사이렌siren은 바로 여기에서 비롯된 말이다. 이 신화는 그대로 복제되어 독일에 이식되는데, '로렐라이Loreley 설화'가 그것이다. 그리스에서 건너온 이 설화를 맨 처음 소재로 다룬 문학 작품은 작가 C. 브렌타노의 설화시이다. 거기에는 로렐라이라는 처녀가 신의 없는 연인에게 절망하여 바다에 몸을 던진 후, 아름다운 목소리로 뱃사람을 유혹해 결국 조난시키는 반인반조半人半鳥의 바다요정으로 변했다는 전설을 담고 있다.

알 수 없는 일이라네.
이토록 깊은 내 슬픔의 뜻은,
예부터 전해오는 동화 한 편이
내 머리 속에서 떠나지 않네.

바람은 차고 어두운데,
라인강은 고요히 흐르고

산정은 빛나네,

저녁노을 속에서.

아름다운 여인이 저 위에

환상인 듯 앉아 있네.

금빛 장신구를 반짝이며,

그녀는 금빛 머리카락을 빗네.

금빛 빗으로 머리를 빗으며,

그녀는 노래를 부른다네,

그것은 알 수 없으되

힘찬 멜로디.

노래는 작은 배의 어부를

온전히 사로잡아

그는 암초는 보지 못하고

그저 높은 곳만을 응시할 뿐.

분명코 파도는 마침내

어부와 배를 삼켜버릴 테지,

그것은 노래로써

로렐-라이가 저지른 짓이라네.

- 하인리히 하이네, <로렐라이>

우리가 잘 알고 있는 '옛날부터 전해 오는 쓸쓸한 이 말이 가슴속에 그립게도 끝없이 떠오른다'라는 애잔한 첫 소절로 시작되는 노래 <로렐라이>는 이러한 하이네의 시가 노랫말로 다듬어지고 아름다운 멜로디가 붙어 만들어진 것이다.

그렇게 스타벅스는 로고 속에 세이렌을 심어 두었다. 그리고 그 속에 자리 잡은 여인은 오늘도 매혹적인 목소리로 길을 지나가는 사람들을 유혹한다. 하이네의 달콤한 시처럼 세이렌의 달콤한 유혹에 이끌려, 사람들이 가던 길을 멈추고 스타벅스에 들어선다. 나 역

로렐라이 언덕과 로렐라이 상

시 세이렌의 유혹에서 자유롭지 못하다. 넋 나간 사람처럼 그곳에 가끔 들러 카페라떼 한 잔을 시키고, 시간을 죽이며 책을 보거나 시를 쓴다.

커피 한 잔의 치명적인 유혹. 아, 나는 그저 평범한 어부에 불과하다.

겨울이 되면 나는 고래를 찾아 북극으로 나선다.
나는 먼 바다를 응시하고
향유고래의 존재를 확인하는 일을 맡고 있다.
나는 낭만적인 고래사냥꾼이다.
내게는 반드시 잡아
야 할 고래가 없다.
나의 의무는 다만 먼
바다만을 응시하는 것
이다.
(그대는 반드시 잡아야 할 고
래 한 마리를 가지고 있는가?)

올 겨울 나의 고래사
냥은 헛되게 끝날 것이다.
먼 바다만 바라보다 허망하게 되돌아올 것이다.

Art Recipe

☕ 워밍업

스타벅스뿐만 아니라 다른 커피전문점에서도 커피만을 파는 것이 아니다. 커피 잔이나 텀블러, 보온병 등을 함께 판다. 일회용 종이컵을 사용하는 것은 환경오염의 문제가 있다. 보온병은 여러모로 유용한 용기이다. 에코나 그린 같은 접두사를 붙이지 않더라도 커피를 오랫동안 차갑거나 따뜻하게 마실 수 있게 한다. 물론 집에서도 즐길 수 있다는 이점이 있다.

☕ 아트레시피

1. 스타벅스에 들러 에스프레소 커피를 더블샷으로 사서 보온병에 담아 집으로 가져온다.

2. 주전자에 물을 팔팔 끓여 잔을 데운 뒤 커피를 희석시켜 아메리카노의 농도로 만든다.

3. 음악은 <랩소디 인 블루(Rhapsody in Blue)>의 작곡가 조지 거슈윈(George Gershwin)의 피아노 협주곡 바장조를 선택한다.

4. 소설《백경》은 '커피 테이블 북(coffee table book)'처럼 탁자에 올려놓기만 한다.

5. '더블악셀-더블토룹-더블룹' 김연아의 프리스케이팅을 떠올리며 커피를 마신다. 은반의 요정과 세이렌이 얽힌 공식을 생각해 본다. 요정들은 여기저기에 있었다. 마치 커피 한 잔의 유혹처럼 스타벅스를 찾는 이유 중 하나가, 스스로 끌려 들어가게 만드는 로고 속 세이렌 때문이라는 것은 비 오는 날 소주 한 잔이 당기는 이유와 같다.

여덟째 잔

이상의 제비다방 커피

lee sang 1910.9.14 ~ 1937.4.17

한국문학의 돌연변이. 박제된 천재 이상李箱: 1910~1937 본명 김해경金海卿. 그는 1910년 9월 14일 서울에서 태어났다. 보성고등보통학교와 경성고등공업학교 건축과를 졸업하고, 1931년에는 조선미전에 <자화상>으로 입선하기도 하였으며, 1930년 소설 <12월 12일>로 문단에 혜성처럼 등장하여 1934년에는 구인회에 참여하였다. 그는 1933년부터 1935년까지 다방 '제비'를 경영하였고, 이후 아버지의 집을 저당 잡혀 인사동에 카페 '쯔루鶴'와 광교 근처에 다방 '식스나인69'를 개업했으나 곧 문을 닫았다. 마지막으로 명동의 '무기麥'를 설계해 개업하려 했으나 중도금이 없어 도중하차하고 말았다. 1936년 9월 동경으로 떠났으나, 1937년 사상불온 혐의로 도쿄 니시칸다 경찰서에 유치되었다. 그 후 병보석으로 출감하였지만, 지병인 폐병이 악화되어 동경제대 부속병원에서 사망하였다. 그의 문학 편력과 함께 항상 거론되는 다방 경영의 전력은 왜일까?

이상은 왜! 다방에 집착했을까? 이상의 문화코드를 풀기 위해 이상과 커피와 다방이 연계된 문학사의 기록 속에 숨겨진 몇 개의 암호를 해석해 본다.

이상의 문화코드 세 개의 암호 풀기 – 암호 1. MJB

향기로운 MJB의 미각을 잊어버린 지도 이십여 일이나 됩니다. 이곳에는 신문

도 잘 아니 오고 체전부(우체부)는 이따금 '하도롱'hard-rolled paper: 다갈색 종이로서

봉투, 포장지를 만듦 빛 소식을 가져옵니다. 거기는 누에고치와 옥수수의 사연이

적혀 있습니다. 마을 사람들은 멀리 떨어져 사는 일가 때문에 수심이 생겼나

봅니다. 나도 도회에 남기고 온 일이 걱정이 됩니다.

- 이상, <산촌여정(山村餘情)> 중에서

이상이 1935년 요양차 평안남도 성천에 가 있을 때 썼다는 <산
촌여정>은, 그가 성천에서 지내면서 《문장》지를 주재하던 정지용
에게 보낸 편지 형식의 수필이다. 이상의 수필 <산촌여정>은 그의
소설 《날개》만큼이나 유명하다. 이태준의 《문장강화》에서 기행
문의 모범사례로 소위 객창감客窓感, 즉 '나그네가 느끼는 낯선 곳의
감정'의 예시글로 인용되었기 때문이다. 이 글의 첫머리는 생뚱맞
게도 '향기로운 MJB'로 시작된다. 그것이 무엇일까? 어떤 사람들은
이를 이상이 사랑한 여인의 영문 이니셜이라고도 하고 어느 프랑
스 향수의 이름이라고도 한다. 그러나 놀랍게도 그것은 커피!

1881년 회사를 설립한 회장 Max J. Brandenstein의 이니셜을 따
서 만들었다는 MJB 커피였다.

최후의 한 방울까지 마셨습니다. – 루즈벨트

MJB 커피로는 나쁜 커피를 만들 수 없습니다.

이것이 그 유명한 MJB 커피의 광고카피이다. 커피 마니아라면 금방 "아! 그 커피!"하고 떠올릴 만한 유명한 브랜드이다. 그러나 그 방면에 문외한들에게 작품 첫 줄에 나타난 MJB는 도통 풀리지 않는 암호이다. 그의 시 <오감도>처럼 난감한 암호. 그것도 1935년 독자들에게 커피란 말이 빠진 채 불쑥 등장한 MJB. 시인 이상은 그렇게 우리를 당혹스럽게 만든다.

1930년 생산된 MJB 알라딘 커피캔   1940년 생산된 MJB 커피캔

세 개의 암호 풀기 – 암호 2. 제비

1933년 7월 '제비다방'은 문을 열었고 1935년 9월 경영난으로 문을 닫는다. 이상이 설계하고 운영한 제비다방. 그런데 왜 하필 다방 이름이 제비일까?

《삼천리》 제6권 제5호(1934. 5)에 실린 이헌구의 <끽다점평판기喫

茶店評判記>라는 연재물의 '제비다방' 편을 보자.

총독부總督府에 건축기사로도 오래 다닌 고등공업高等工業출신의 김해경씨金海卿氏가 경영하는 것으로 종로鍾路서 서대문西大門 가느라면 10여 집 가서 우편右便 페-부멘트 엽헤 나일강반江畔의 유객선遊客船가치 운치 잇게 빗겨선 집이다. 더구나 전면 벽은 전부 유리로 깔엇는 것이 이색이다. 이러케 종로대가鍾路大家를 엽헤 끼고 안젓느니 만치 이 집 독특히 인삼차나 마시면서 밧갓흘 내이다 보느라면 유리창 너머 페이부멘트 우로 여성들의 구두빨이 지나가는 것이 아름다운 그림을 바라보듯 사람을 황홀케 한다. 육색肉色 스톡킹으로 싼 가늘고 긴-각선미의 신녀성新女性의 다리 다리 다리-

이 집에는 화가, 신문기자 그리고 동경東京 대판大阪으로 유학하고 도라와서 할 일 업서 양다洋茶나 마시며 소일하는 유한청년有閑靑年들이 만히 다닌다.

봄은 안 와도 언제나 봄긔분 잇서야 할 제비. 여러 끽다점喫茶店 중에 가장 이 땅 정조情調를 잘 나타낸 '제비'란 일홈이 나의 마음을 몹시 끄은다.

- 이헌구, <끽다점평판기> 중에서

이상은 시인이기 이전에 건축가였다. 그가 직접 설계한 제비다방의 모습은 요즘 흔해 빠진 별다방이나 콩다방*의 모습과 별반 다르지 않다. 그러나 80년 전 서울거리에서 다방에 앉아 거리로 지나가는 행

---

* 콩다방 : 커피 전문 프랜차이즈 커피빈(Coffee Bean)을 일컫는 말로, 젊은이들 사이에서 번진 애칭이다.

인들을 바라볼 수 있도록 전면을 유리창으로 만든 파격적인 공간구성은 제비다방이 가진 특징이었다. 그곳은 남들의 시선으로부터 차단된 은밀하고 으슥한 공간이 아니라 열려 있는 공간이고, 다방 안에 앉아 밖을 내다보는 동시에 길을 지나가는 사람도 다방에 앉아 있는 사람들의 모습을 볼 수 있는 곳이었다. 물론 그 다방에 출입하는 사람들도 당시에 소위 모던 뽀이들과 모던 걸들, 화가, 신문기자 그리고 동경 대판에서 유학하고 돌아온 식민지 인텔리들이었다. 그들은 마치 유럽의 살롱이나 커피하우스처럼 좌석을 장악하고 있었다. 그러나 제비다방은 경영적으로 성공하지는 못했다. 시대를 너무 앞서간 것이다. 80년 뒤, 오늘 서울 거리의 풍경화를 생각해 보면 짐작이 갈 것이다.

결국 제비다방은 문을 닫는다. 이상의 생각대로 이상적으로 경영되지는 않았던 것이다. 제비다방의 모습을 기록하고 있는 또 하나의 글을 살펴보자. 바로 김기림의 글인데, 이상이 죽고 난 뒤 1949년 친구인 김기림에 의해 《이상 선집》이 출간되었다. 김기림은 서문에서 이렇게 기술하고 있다. 김기림의 글은 우리가 이상의 문학이 아니라, 커피라는 코드로 이상을 바라보는 데 중요한 비밀을 풀어줄 해답을 숨기고 있다.

무슨 싸늘한 물고기와도 같은 손길이었다. 대리석처럼 흰 피부, 유난히 긴 눈

사부랭이와 짙은 눈섶, 헙수룩한 머리 할 것 없이, 구보(박태원)가 꼭 만나게 하고 싶다던 사내는, 바로 젊었을 적 'D. H. 로랜-쯔'의 사진 그대로의 사람이었다. 나는 곧 그의 비단처럼 섬세한 육체는, 결국 엄청나게 까다로운 그의 정신을 지탱하고 섬기기에 그처럼 소모된 것이리라 생각했다.

그가 경영한다느니 보다는 소일하는 찻집 '제비', 회칠한 사면 벽에는 '주르 뢰나르'의 '에피그람'이 몇 개 틀에 걸려 들어 있었다. 그러니까 이상과 구보와 나와의 첫 화제는 자연 불란서 문학, 그중에도 시일 밖에 없었고 나중에는 '르네 끌레르'의 영화 〈단리〉의 그림에까지 미쳤던가 보다. 이상은 르네 끌레르를 퍽 좋아하는 눈치다.

- 김기림, 《이상 선집》 중에서

이상이 르네 끌레르 감독을 무척 좋아했다고 적혀 있다. 그것은 당연하다. 르네 끌레르가 추구했던 정신은 바로 아방가르드로, 이상이나 김기림 같은 1930년대 이 땅의 모더니스트 젊은이들의 우상이었기 때문이다.

1920년대 후반 유럽 예술계에는 허무와 초현실주의가 발전함과 동시에, 프랑스 영화계에선 아방가르드가 나타나게 된다. '아방가르드Avant-garde'란 군대 중에서도 맨 앞에 서서 가는 선발대Vanguard를 일컫는 말이다. 그런데 이것이 문화현상으로 전이되면서 문화적 의미의 아방가르드는 예술, 문화 혹은 정치에서 새로운 경향이나 운동을 선보인 작품이나 사람을 칭하는 말로 흔히 쓰이게 된다. 그리고 이것이 우리나라에서는 소위 '전위前衛'란 말로 번역되어 전위예술, 전위음악, 전위재즈와 같이 쓰인다. 그런 의미에서 아방가르드는 문화적 맥락에서 당연한 것으로 받아들여졌던 예술의 경계를 허문다는 표현의 일종이다. 그 최전방의 예술가가 바로 이상이 아니었던가? 그가 아방가르드 정신을 표현한 프랑스 영화에 매료되었음은 너무나 당연한 일이었다. 모더니스트 김기림은 이것을 간과하지 않았던 것이다. 그러나 이것은 중요한 것이 아니다. 또 다른 인물이 있었다.

그다음 김기림의 날카로운 눈에 비친 '회칠한 사면 벽에 붙은 주르 뢰나르의 에피그램이 몇 개의 틀에 걸려 있다'는 증언을 살펴보자. 주르 뢰나르는 우리에겐 《홍당무Poil de Crotte》의 작가로 잘 알려진 쥘 르나르이다. 프랑스의 소설가이자 극작가. 그리고 '에피그램Epigram'이란 아주 짧은 '단시短詩'를 말한다. 제비다방이란 이름짓기의 비밀은 여기에 있다. (쥘 르나르의 대표적인 에피그램은 "뱀, 너무 길다."라는 너무나 잘 알려진 한 줄의 시다. 어디 그뿐인가? "개미는 개미", "나비는 꽃이 꽃에게 보내는 곱게 접은 러브레터"라고 간단명료하게 말한다.) 이 단시가 실린 책이 바로 《박물지博物誌: Histoires Naturelles》로, 이즈음도 《자연의 이야기들》이라는 이름으로 팔리고 있는 책이다. 이 책은 1934년 7월에 일본의 성광당서점에서 《전원수첩》이란 이름으로 발간되었다.

이상은 쥘 르나르의 에피그램과 그것이 표현된 그림을 오려 액자에 넣었다고 한다. 《전원수첩》에서 오려냈을 것이 분명한 그림은 누가 그린 것일까? 그는 바로 색채의 마술사라 평가 받는 프랑스의 화가, 피에르 보나르이다. 《전원수첩》은 쥘 르나르의 글과 피에르 보나르의 일러스트로 구성된 책이었다.

이상은 그 책의 일러스트와 에피그램을 잘라내 액자에 걸어두었다는 말이다. 그러면 쥘 르나르의 책에 있는 <제비> 항목과 그림을 보면서, 이상이 왜 하필 제비다방이란 이름을 붙였는가를 추론해 보자.

Ⅰ

매일 아침 제비들은 나에게 그 날의 숙제를 준다.

지지배배 우짖으며 악보에 점을 찍는다.

괘선을 그려 나가다 쉼표를 찍고는 별안간 줄을 바꾼다.

터무니없이 큰 괄호로 내가 살고 있는 집을 묶어 놓기도 한다.

좌_ 쥘 르나르(Jules Renard, 1864~1910), 프랑스의 소설가·극작가
중_ 피에르 보나르(Pierre Bonnard, 1867~1947), 프랑스의 화가
우_ 피에르 보나르의 일러스트, <제비>

지하 창고에서부터 다락방까지 제비들이 너무 높이 힘차게 나는 바람에

정원의 작은 분수로는 그들이 불러 주는 것을 다 받아 적을 수가 없다.

제비들이 가벼운 날개로 휘갈기는 사인의 마지막 글자는

정말 도저히 흉내를 낼 수가 없다.

둘 둘씩 짝을 지어 날아올랐다가 제비들은 다시 모두들 모여 몰려다니면서

파란 하늘에 아무렇게나 잉크를 뿌려댄다.

그러나 제비의 친구라면 그들이 무엇을 썼는지 알 수 있다.

그리스어와 라틴어를 읽어 낼 수도 있고, 나의 경우에는

굴뚝 제비들이 공중에 쓰는 히브리어가 전공이다.

방울새: 내가 보기에 제비는 어리석은 친구예요. 굴뚝을

　　　　나무로 착각을 하고 있거든요.

박　쥐: 말들은 많이 하지만, 내가 보기에도, 제비 그 놈이 나보다

　　　　더 잘 나는 것 같지는 않더라구. 대낮에도 제비는 왕왕

　　　　길을 잘못 들곤 하지. 놈들이 나처럼 밤에 날아다닌다면

　　　　아마 얼마 지나지 않아 시체가 가득 쌓일 거야.

II

한 열두서너 마리의 흰꼬리 제비들이 닭장만한 좁은 공간에서 위험하게도 서

로 공중제비를 돌고 있는 모습이 눈에 들어온다. 시간에 쫓기는 여공들이 내 눈앞에서 재빠른 손놀림으로 옷감을 짜고 있는 것만 같다.

저렇게 미치도록 공중을 헤집고 다니면서 제비들은 대체 무엇을 찾는 것일까? 편히 쉴 곳을 찾는 것일까? 아니면 내게 이제 마지막 인사라도 하겠다는 것일까? 가만히 있으려니 찬바람이 느껴진다. 저렇게 날다가 혹시 서로 부딪치는 것은 아닐까 두려웠다. 아니, 한번 부딪치는 것을 보았으면 했다. 노련한 솜씨로 나를 실망시키더니 제비들은 문득 모두 사라져 버렸다.

- 쥘 르나르, <제비>, 《전원수첩》 중에서

밑줄 친 구절 속에 이상의 생각이 담겨 있다. 이상이 생각한 식민지 하 인텔리의 생각이 바로 쥘 르나르의 메시지를 통해 드러난 것이다.

세 개의 암호 풀기 – 암호 3. 까마귀

이상의 대표 시 <오감도烏瞰圖>는 연작 15편으로, 새가 높은 곳에서 아래를 내려다 본 것과 같은 상태의 도면을 조감도鳥瞰圖라 하는데, 여기서 '새 조鳥'의 한 획을 빼서 '까마귀 오烏'로 바꾸어 쓴 것이다. 이것이 <오감도>의 제목을 짓게 된 정설로 알려져 있다.

하지만 과연 그럴까? 국문학과에서 현대 문학을 전공했거나 이 시대 최고의 지성이라는 평론가들이라면 누구나 어김없이 탁월한 시라고 추켜세우는 <오감도>는 내 머리론 아무리 뜯어보고 성찰

좌_《전원수첩》에 실린 <까마귀>
우_ <오감도>는 조선중앙일보에서 1934년 7월 24일부터 8월 8일까지 연재되며 당시 한국 문단에 큰 쇼크를 주었다.

하고 고찰해 봐도, 솔직히 말해서 무슨 소리인지 무슨 의미인지 모르겠다는 말이 옳다. 지성을 가장하며 견강부회도 해 보고, 또 잘 모르겠다고 하면 창피할까봐 늘 고민했던 시이기도 하다. 전원수첩의 까마귀는 이렇게 말한다. 그리고 이 말을 받아 오감도를 쓴 이상도 똑같은 말을 한다. 충격적이고 난해한 시를 써서 세상을 놀라게 하고 그의 시를 읽은 사람들이 패닉 상태에 빠져 있는 것을 즐기며, 이상은 이렇게 내뱉는다.

　사람들: "고아(뭐야?) 고아(뭐야?) 고아(뭐야?)"

　이　상: "아무 것도 아니야!"

　그러면 이상의 <오감도>를 감상해 보자.

　十三人의兒孩가道路로疾走하오.

(길은막다른골목길이適當하오.)

第一의兒孩가무섭다고그리오.

第二의兒孩도무섭다고그리오.

第三의兒孩도무섭다고그리오.

第四의兒孩도무섭다고그리오.

第五의兒孩도무섭다고그리오.

第六의兒孩도무섭다고그리오.

第七의兒孩도무섭다고그리오.

第八의兒孩도무섭다고그리오.

第九의兒孩도무섭다고그리오.

第十의兒孩도무섭다고그리오.

第十一의兒孩가무섭다고그리오.

第十二의兒孩도무섭다고그리오.

第十三의兒孩도무섭다고그리오.

十三人의兒孩는무서운兒孩와무서워하는兒孩와그렇게뿐이모혓소.

(다른事情은업는것이차라리나앗소)

그中에一人의兒孩가무서운兒孩라도좃소.

그中에二人의兒孩가무서운兒孩라도좃소.

그中에二人의兒孩가무서워하는兒孩라도좃소.

그中에一人의兒孩가무서워하는兒孩라도좃소.

(길은뚫린골목이라도適當하오.)

十三人의兒孩가道路로疾走하지아니하야도좃소.

- 이상, <오감도 - 시제1호>

만일 김기림도 제비다방의 벽에 붙어 있는 액자에서 에피그램의 내용을 읽었다고 한다면, 너무나 간단하게 암호를 풀었을 것이다(그러나 심증은 가나 확증은 없음이 안타까울 뿐이다). 나는 그 액자에 들어 있는 그림과 에피그램이 바로 '까마귀'였다고 추론한다. 제비다방의 존속기간인 1933년 7월에서 1935년 9월에 <오감도>가 발표되었다는 것은 우연의 일치일까? 시인 이상이 탄생한 지 100년. 그동안 우리는 그의 언어유희에 조롱당한 것이었다.

모든 시인들과 이 시대의 지성인 및 평론가

그리고 문학박사들: "뭐야, 뭐!"

이 상: "얌마, 아무것도 아냐!"

이상과 르나르의 관계 – 제비다방의 비밀을 밝히는 결정적 증거

1970년대의 어느 날이었다. 존경하는 우리들의 스승 민병산 선생이 예의 그 허름한 옷차림에 남루한 바랑을 짊어지고 우리 앞에 나타나셨다. 어둑어둑한 찻집 구석에서 마주 앉은 선생은, 앞에 앉은 황명걸 시인과 내 앞에 바랑에서 낡은 고본古本 몇 권을 꺼내시더니 먼저 황 시인에게 읽어 보라며 두세 권을 주시고는 빙그레 웃으며, "이건 일어책이니까 강 선생이 읽어 봐." 그러면서 어지간히 낡은 고본 하나를 내게 주셨다. 받아서 우선 판권부터 보았더니, 그것은 르나르의 《전원일기》였다. 발행일이 1930 몇 년인가로 되어 있었다. 아무 특징도 없고 평범한 고본을 선생은 왜 내게 주셨을까? "르나르의 《전원일기》군요." 나는 심드렁하게 대답했다. 별로 흥미가 없었기 때문이다. 그러자 선생은 씩 웃으며, "그 앞의 면지를 한번 봐요." 얼른 앞 면지를 열어보고 나는 깜짝 놀라서, 거기 그려진 자화상과 써져 있는 일본말 3행시를 몇 번이고 또 읽었다. 그리고 거기 서명署名까지……. 달필로 사인된 그것은 분명 이상 시인의 서명이었다. "선생님, 어디서 이걸 구하셨어요?" "헌 책방에서……." 민 선생은 극히 간단히 대답하시고는, "잘 간수해!" 그리고 훌쩍 자리를 뜨셨다.

쥘 르나르의 《전원일기》 면지에 쓰인 세 줄의 시와 이상의 마지막 자화상으로 알려진 그림. 이상의 서명이 선명하게 남아 있다.

후일 나는 '이상 연구'로 유명한 친구 임종국 평론가에게 그것을 보여주고 감정을 청했다. 그도 놀라며 정말 희귀한 자료라며, 《독서생활》에 소개해 주었다. 자기가 보건대 이 책은 이상 시인의 장서였으며 필적은 틀림없이 이상 시인의 것이며, 연대와 시의 내용으로 봐서 이상 시인이 일본 동경에 머물고 있을 무렵, 일경日警의 요시찰要視察 대상이었던 사실을 은유적으로 썼을 것이라고 했다.

- 강민, 《문학과 창작》 통권 130호(2011년 여름호) 중에서

　이상은 유달리 커피를 탐닉했다. 그러나 그가 마신 커피는 기계 조작에 잘 훈련된 바리스타가 메뉴얼대로 뽑아낸 단순한 커피가 아니었다. 예술과 시인의 영혼이 담기지 않은 커피는 그저 쓰디쓴 카페인 음료에 불과하다. 유명한 커피전문점에 들러 아무 생각 없이 유행 따라 커피를 사 마시는 것은 오만한 바리스타들이 영혼 없이 만든 메뉴를 골라 마시는 것일 뿐이다. 그렇다. 이상의 제비다방에서는 커피만 판 것이 아니었다.

　그곳에는 모차르트나 베토벤, 랄로의 음악이 있었다. 제비다방의 그 커피는 현대에서 단순히 분위기와 허영과 혀끝으로 커피를 마시는 자들에게 보내는 일종의 경고였다. 제비다방에서 그가 필요로 하고 꿈꾼 것은 일제 강점기 조선에서의 문화와 예술이 있는 대화 공간, 마치 유럽의 커피하우스 같은 곳이었다.

　그러나 그의 꿈은 항상 물거품이었다.

나는 지독히 권태로워 나는 참혹해
오늘 밤 내가 마시는 죽음보다 더 깊은
커피, 치명적인 검은 유혹
시인 이상李箱의 권태보다 더 끔찍한
와사瓦斯ㅅ 불에 달인 '가배'를
마시고 죽음처럼 쓰디쓴
불면에 시달리게 될 거야.
제비다방. 암담한 시대의 사치처럼.

이상의 제비다방 커피

☕ 워밍업

구하기는 어렵겠지만 MJB 커피를 준비하고 책상에 홀로 앉은 뒤 책상에 거울 하나를 놓고 가만히 거울을 들여다본다.

☕ 아트레시피

1. MJB 커피를 내려 잔에 담는다.

2. 잔을 들고 거울 속의 나를 들여다본다.

3. 다음의 시를 13번 반복하여 소리 내어 읽는다.

거울속에는소리가없소
저렇게까지조용한세상은참없을것이오

거울속에도내게귀가있소
내말을못알아듣는딱한귀가두개나있소

거울속의나는왼손잡이오
내악수(握手)를받을줄모르는-악수를모르는왼손잡이요

거울때문에나는거울속의나를만져보지를못하는구료마는
거울이아니었던들내가어찌거울속의나를만나보기라도했겠소

나는지금(至今)거울을안가졌소마는거울속에는늘거울속의내가있소
잘은모르지만외로된사업(事業)에골몰할게요

거울속의나는참나와는반대(反對)요마는
또꽤닮았소
나는거울속의나를근심하고진찰(診察)할수없으니퍽섭섭하오

이상, <거울>

아홉째 잔

프란츠 카프카 커피

Franz Kafka 1883. 7. 3 ~ 1924. 6. 3

프란츠 카프카의 《성城》. 이 소설은 곤혹스러운 독서의 대표적인 목록이다. 그럼에도 불구하고 우리가 반드시 읽어야 할 고전 목록이니, 어느 대학교나 신문사의 필독도서 목록에는 어김없이 공자의 《논어》와 함께 이 참혹한 작품이 선정되어 있다. 책을 읽겠다고 결심한 뒤 이를 악물고 졸린 눈을 비비며 두세 장 읽다보면 스르르 잠이 오고야 마는 참으로 끔찍한 작품이 바로 소설 《성》이다. 이 소설은 우리에게 커피가 지닌 각성작용의 중요성을 새삼 깨닫게 해준다. 수없는 도전과 포기 끝에 이 소설을 읽어 낸 사람만이 커피가 우리에게 얼마나 중요한 음료인가를 실감할 수 있다.

K.는 깨어나자 처음에는 거의 잠을 자지 않았다고 생각했다. 방은 변함없이 텅 비고 따뜻했으며, 사방 벽은 어둠에 싸여 있었고 유일하게 전등 하나가 맥주통 꼭지 위에 빛을 내고 있을 뿐, 창문들 앞쪽에도 여전히 깜깜한 밤이었다. 그러나 그가 몸을 쭉 폈을 때 베개는 밑으로 떨어졌으며 널빤지와 술통이 덜커덩거리자 곧 페피가 왔다. 그리고 이제야 벌써 다시 밤이 된 것으로 그가 열두 시간을 훨씬 넘게 잤다는 것을 알게 되었다. (……) "그녀는 더 이상 당신을 좋아하지 않나 보죠?" 페피는 커피와 케잌을 가져오면서 물었다. (……) 마침내 한번 실컷 잠을 자고 맛있는 커피를 마실 수 있는 데 만족한 K.가 은밀하게 리본을 만지며 풀려고 하자 페피는 피곤한 듯 말했다 "제발 놔두세요." 그리고는 술통 위 그의 옆에 앉았다. (……) "아직 봄이 되려면 얼마나 더 있

어야 하나요?" K.가 물었다. "봄까지요?" 페피가 반복했다. "우리들의 겨울은 길어요. 아주 길고 단조로워요."

- 프란츠 카프카, 《성(城)》 중에서

프란츠 카프카Franz Kafka: 1883~1924는 체코의 수도인 프라하(당시 오스트리아-헝가리제국 영토인 보헤미아)에서 유대인 부모의 장남으로 태어나 독일어를 쓰는 프라하 유대인 사회 속에서 성장하고, 폐결핵으로 41세에 생애를 마쳤다.

그는 평범한 지방 보험국 직원으로 근무하며, 죽기 직전 2개월 간의 요양기간과 짧은 국외 여행을 제외하고는 잠시도 프라하를 떠나지 않았다. 그는 오전 8시부터 오후 2시까지 보험국의 일을 마치고 귀가해서 3시부터 7시 반까지 잠을 잔 뒤 한 시간 산책을 하고 가족들과 저녁식사를 한다. 그리고 밤 11시경부터 글을 쓰기 시작해서 새벽 2시나 3시까지 글을 썼다. 하지만 살아생전 그의 글을 읽어 준 독자는 아무도 없었다.

카프카는 유서를 통해 그의 친구 마르크스 브로트에게 '자신의 모든 작품을 출판하지 말고 소각해 달라.'는 마지막 부탁을 했다. 그러나 브로트는 그의 부탁을 차마 들어줄 수 없었고, "미안하네, 카프카! 하지만 그 약속은 지킬 수 없네." 라는 말과 함께 출판사를 물색해 그의 작품들이 세상의 빛을 보게 만들어 주었다. 그렇게 카프카의 작품들은 뜻을 어긴 친구 덕에 그의 사후 발표되었고, 지금까지도 많은 사랑(?)을 받고 있다.

카프카의 진정한 가치를 일방적으로 발견한 사람은 사르트르와 카뮈였다. 그들은 카프카의 작품에서 실존주의, 인간 운명의 부조리, 존재의 불안을 발견한 것이다. 현대라는 새롭게 시작되는 시대의 불안과 그 안에서 인간이 경험하게 될 실존적 체험의 극한. 그렇게 카프카는 우리들 앞에 뜬금없이 나타난 것이다. 사르트르와 카뮈 역시 각각 《구토》와 《이방인》이란 소설을 썼다(이 역시 카프카의 〈성〉만큼 읽기 어려운 난해한 소설이다). 그들은 존재의 문제와 철학적 사유를 증명하기 위해 자기들 자신이 아닌 객관적 대상을 찾았고, 바로 사람들의 기억에서 지워진 카프카를 만난다. 그리하여 사후의 카프카는 우리들이 몇 잔의 커피를 연거푸 마셔도 무엇인지 알 수 없는 지독하게 어려운 소설을 강제로 읽게 만들었다. 그러면 카프카와 커피는 어떤 관계가 있을까?

그의 삶을 조명한 많은 평론과 전기의 어느 구석에도 그가 커피를 즐겨 마셨다는 기록은 전혀 없다. 그와 커피의 관한 이야기는 앞서 인용한 《성》이란 소설에서 '한번 실컷 잠을 자고 맛있는 커피를 마실 수 있는 데 만족한 K.'의 이야기, 그게 전부이다. 그런데도 불구하고 카프카하면 커피가 떠오르는 것은 무엇 때문일까. 바로 "머리가 아프다."라는 것에 많은 이들이 공감하고 있기 때문은 아닐까?

카프카 생가에서 오른쪽 골목에 있는 메셀로바 거리를 따라 올라가다 보면, 시로카라Siroka 거리 12번지에 '프란츠 카프카'란 카페가 있다고 한다. 프라하를 찾는 관광객들은 그의 생가를 둘러보고 나서 바로 카페 '프란츠 카프카'를 성지 순례하듯 들른다. 그리고 카프카 자신과는 생전에 전혀 관계가 없었던 실존주의의 난해한 개념과 함께 사르트르, 카뮈의 소설까지 뒤범벅이 되어 어지러운 철학의 늪에서 띵해진 머리를 한 잔의 커피로 달랜다. 어디 그뿐인가? 생전 한 번도 프라하를 들른 적 없는 시인 오규원은 이 같은 사실을 직시하고 있었다. 그가 만든 시의 메뉴판에서 골치 아픈 싸구려 커피의 대명사로 카프카를 꼽은 것이다. 놀라운 통찰력이다.

카페 '프란츠 카프카' 외부

카페 '프란츠 카프카' 내부

- MENU -

샤를로 보들레르 800원

칼 샌드버그 800원

프란츠 카프카 800원

이브 본느프와 1,000원

예리카 종 1,000원

가스통 바슐라르 1,200원

이하브 핫산 1,200원

제레미 리프킨 1,200원

위르겐 하버마스 1,200원

시를 공부하겠다는

미친 제자와 앉아

커피를 마신다.

제일 값싼

프란츠 카프카.

- 오규원, <프란츠 카프카>

오규원의 통찰력은 빛난다. 나 자신의 지성을 입증하고 스스로
지성인임을 자처하고자 하는 사람은 열외시키고, 누군가의 강요

에 의해 어쩔 수 없이 카프카의 소설을 읽은 사람만이 오규원의 시에 공감할 수 있다. 그래도 잘 모르겠다면 서울대학교출판부에서 출간한 프란츠 카프카의 《성》을 펴라. 그리고 끝까지 토지 측량사 K.의 동선을 따라가 보라. 프란츠 카프카 커피의 진정한 맛과 오규원의 단도직입적인 통찰력에 동의할 수 있을 것이다.

토지 측량사 K.는 서서西西 백작의 성으로 아직 진입하지 못했어.

그는 학교의 급사로 마구간의 하인으로 하염없이 전락하고 하녀들의 방에서 기숙하게 되지.

카프카의 《성城》은 명료하지 못해. 읽을수록 모호해.

여러 갈래로 무분별하게 뻗어있는 길에서 끝내 주제를 잃고야 마는

내가 이것을 왜 읽어야 하는가를 수없이 반문하게 하는

(어디 그것이 카프카의 소설뿐이랴 세상 사는 게 모두 그러하지.)

토지 측량사 K.처럼 실컷 잠을 잔 뒤

명료한 정신으로 깨어나

나는 오늘 용감하게 커피 한 잔을 마시고 다시는

카프카의 소설을 읽지 않으리라 단호하게 선언한다.

☕ 워밍업

도서관에서 프란츠 카프카의 《성》(서울대출판부) 이유선 교수 번역본을 대출하여 커피 테이블 옆에 놓아둔다. 단, 책은 절대 펴보지 않는다.

☕ 아트레시피

1. 종류 불문하고 800원짜리 캔 커피 한 통을 산다.

2. 무심하게 캔을 딴다.

3. 네오플에서 제작하고 넥슨에서 서비스하는 MMORPG게임 '던전 앤 파이터(Dungeon& Fighter)'에 접속, 마법사(남/여) 중 하나를 선택한다. (여자 마법사는 네 가지 원소인 화(火), 수(水), 명(明), 암(暗)을 다루는 클래스인데, 마법을 사용하는 원거리 전투 스타일로 넓은 범위에 큰 데미지를 입힐 수 있고, 약한 체력과 방어력을 보완하기 위한 다양한 스킬을 보유하고 있으며, 남자 마법사는 '어비스'라는 신비한 에너지를 이식해 성공하여 탄생한 마법사로 그에게만 있는 유일한 스킬인 '불사(不死)'라는 스킬을 보유해 죽어도 다시 부활할 수 있다.)

4. 다음과 같은 스토리에 스며들어가 시간을 허비한다.

(……) 새로운 나라의 사도. 그 위에 '하늘성'을 통해 연결된 천계, 또 그 천계 위에 '죽은 자의 성'을 통해 연결된 마계가 있다. 이 마계의 최강자들을 사도라고 부른다. 1000년 전 사도 중 하나였던 바칼이 용의 전쟁을 일으켜 영원한 생명수를 얻으려고 하였으나 사도들에게 몰려 건설자 루크에게 죽은 자의 성을 짓게 하여 천계로 도주하여 그곳의 왕이 되었다. 그러나 500년 전 기계혁명(실은 모험가들의 활약)으로 바칼이 천계의 사막 한가운데에서 사망하여 천계대륙을 3등분 하였는데 이것이 노스피스, 이튼, 무법지대이다. 노스피스는 부유층들이 사는 곳이고 이튼은 공업지대, 무법지대는 말 그대로 법보다 주먹이 앞선 곳이다. 그리고 100년 전 사도로 추정되는 오즈마가 아라드대륙에 검은 성전을 일으켰으나 성스러운 5인(미카엘라, 밀란 로젠바흐, 볼프간트 베오나르, 신야, 샤피로 그라시아)에게 패배해 이 공간 어딘가에 봉인되었다. 그 후 제국의 비밀리에 추진된 빌마르크 제국 실험장에서 시작된 불길

로 그란플로리스 대화재가 일어나 요정들은 자취를 감추고 하등생물인 고블린, 타우들이 득실대었다. 게임을 시작할 때 처음 만나는 세리아도 기억은 잃었지만 대화재 때 죽은 요정이 아니냐는 말이 있다. 그 후 '전이'라는 이상한 현상이 생기기 시작했다. 전이란 알 수 없는 특정한 힘에 의해 마계의 사도들이 아라드, 천계로 보내지는 현상이고 동식물들이 사도의 기운에 의해 흉포해지는 것을 말한다. 20년 전 비명굴에 제5의 사도 시로코가 전이되어 그 주변의 동식물들이 흉포해졌다. 그리하여 제국과 공국은 4인의 웨펀 마스터(아간조, 브왕가, 반, 시란)을 보내어 비명굴을 조사하게 하였는데 그때 시로코의 기운으로 숨도 못 쉴 정도였다고 한다. 4인의 웨펀 마스터와 시로코가 대면했을 때 웨펀 마스터들은 정신지배에 걸리기 직전이었으나 아간조와 동행한 록시라는 카잔증후군을 앓는 흑요정이 시로코를 공격, 치명타를 먹이는 데 성공한다. 그러나 이 과정에서 록시도 부상을 당하여 결국 시로코와 록시 둘 다 최후를 맞이하였다. 그 후 시로코는 "나의 죽음 이후 한 번에 수천의 무기를 쥘 수 있는 자가 나타날 것이다. 그 뒤 더러운 피를 흘리는 자가 세상 한가운데 나타나 죽음을 몰고 올 것이다"라는 예언을 남긴 뒤 사망한다. 그 이후에 전이현상을 해결하기 위해 모험가들이 나섰다. (......)

5. 체력이 소모되어 지칠 때까지 게임을 하고 나서 프란츠 카프카의 《성》을 보았다고 뻔뻔하게 말한다.

열 잔

생텍스…Saint–Ex… 커피

1900·6.29~1944. 7. 31

Antoine Marie Roger De Saint Exupery.

앙투안 드 생텍쥐페리Antoine Marie Roger De Saint Exupery: 1900~1944의
《어린왕자》는 초등학교와 중학교 교과서에 실리게 됨으로써 우리
나라 모든 국민이 읽어야 할 필독서가 됨과 동시에 독서물을 넘어
학습물이 되어버린 고전이다. 그리하여 한국인들에게 생텍쥐페리
는 이웃집 아저씨처럼 낯설지 않게 느껴지는 흔치 않은 외국작가
가 되었다.

여우가 나타난 것은 바로 그때였다.

"안녕?" 여우가 말했다.

"안녕?" 어린왕자는 공손하게 대답하고 몸을 돌렸으나 아무것도 보이지 않았다.

"난 여기 사과나무 밑에 있어." 좀 전의 그 목소리가 말했다.

"넌 누구지? 정말 예쁘구나." 어린왕자가 말했다.

"난 여우야." 여우가 말했다.

"이리 와 나하고 놀자. 난 정말로 슬프단다." 어린왕자가 제안했다.

"난 너하고 놀 수가 없어. 난 길들여지지 않았거든." 여우가 말했다.

"아! 미안해." 어린왕자가 말했다.

그러나 잠깐 생각해 본 후에 그는 다시 말했다.

"길들인다는 게 뭐지?"

"넌 여기 사는 애가 아니구나. 넌 무얼 찾고 있니?" 여우가 말했다.

어린왕자가 말했다.

"난 친구들을 찾고 있어. '길들인다'는 게 무슨 뜻이지?"

"그건 너무나 잊혀진 일이지." 여우가 말했다.

"그건 '관계를 맺는다'는 뜻이야."

"관계를 맺는다?"

"그래." 여우가 말했다.

(……)

어린왕자는 다음 날 다시 왔다.

"시간을 정해 놓고 오는 게 더 좋을 텐데." 여우가 말했다.

"가령 네가 오후 네 시에 온다면, 난 세 시부터 행복해지기 시작할 거란 말이야. 그리고 시간이 가까워질수록 난 점점 더 행복해지겠지. 네 시가 되면, 그땐 이미 흥분해서 안절부절못하게 될 거야. 행복이 얼마나 값진 것인지를 맛보게 될 거란 말이야. 하지만 네가 아무 때나 오면 난 몇 시에 마음을 치장해야 할지 모르지 않겠어?"

- 생텍쥐페리, 《어린왕자》 중에서

어린왕자와 사막여우 사이의 '길들이다'와 '길들여지다'라는 낯선 표현은 이제 거리낌 없는 보통명사화되었고, 바오밥나무라는 참으로 낯선 나무도 뒷동산 졸참나무 정도의 친근한 나무가 되었다.

어린왕자와 사막여우는 처음 만나 이렇게 대화의 물꼬를 튼다.

"넌 누구지? 정말 예쁘구나." 어린왕자가 말했다.
"난 여우야." 여우가 말했다.

그런데 이 상황이 사막이 아니라 어느 마을의 중심가라면 둘의
다음 대화는 어떻게 되었을까?

"우리 커피 한 잔 할까?"

이게 정답일 것이다. 그것은 바로 커피가 대화를 유도하는 커뮤
니케이션의 매개 음료이기 때문이다. 만일 생텍쥐페리를 파리나 카
사블랑카에서 만났다면 그 역시 이렇게 대화의 물꼬를 텄을 것이
다. 그리고 그가 평소에 좋아하던 크림커피를 권했을 것이다. 크림
커피. 이 커피를 정확한 불어식 발음으로는 크렘므Creme, 카페크렘
므Cafe Creme 또는 프티크렘프Petit Creme 또는 누아제트Noisette라 부른
다. 크림커피는 보통 에스프레소에 증기로 데운 우유를 약간 섞은
커피를 말하지만, 정통 크림커피는 진짜 생크림으로 만든다. 생텍
쥐페리가 카페크렘을 즐긴 흔적은 그의 글 곳곳에서 나타난다. 다
음은 어린 시절 여자 친구인 르네 드 소신느가 생텍쥐페리가 보낸
편지글을 정리한 책《젊은 날의 편지》중 그녀가 쓴 서문이다.

앙투안 드 생텍쥐페리Antoine Marie Roger de Saint-Exupéry는 내 오빠와 함께 생루이
중·고등학교 산하 에꼴 보쉬에로 진학했다. 급우들은 "참 별난 녀석이야. 여섯
등분된 원통에 든 커피 중 한 칸이 줄어드는 것을 보려고 노상 크림커피만 마셔
대는 괴짜지. 공부시간에 동화를 지어내는 것을 보면 언젠가는 이름을 날릴 녀
석이야."라고 그를 평했다. (……) 어느덧 군복무를 해야 할 때가 되었다. 오빠인
해병 유제비오는 알프스의 전투기 조종사 그리고 앙뜨완느는 비행사가 되었다.
(……) 그의 옛 은사들 중 한 사람이 라때꼬에르 상사의 중역과 알고 지내는 사
이였다. 그 회사에서 우편물 수송 비행기들을 새로 운항하게 되어 조종사를 모
집하고 있었다. 앙뜨완느는 어떤 부름이 자신의 미래를 손짓하고 있음을 느꼈
고 결국 그는 결심한다. 그의 취업 희망서류는 발송되었고 그러고 나서 갑작스
럽게 그는 작별을 고했다. (……) 앙뜨완느는 다카르까지의 정기노선을 담당하
게 된다. (……) 얼마 안 있어 그는 깝 쥐비(카사블랑카에서 다카르까지의 구간에 있는
비행장으로 생텍쥐페리가 그곳 항공우편국장으로 부임했을 때 모로코는 내란 중이었다.)
의 책임자로 임명된다. (……) 그는 팀장이었다. 비행기를 타고 낙타를 타고 걸어
가며 그는 천 번도 넘게 위험한 일을 당했다. 그는 유형무혈의 전쟁들을 목도했
으며 죽어가는 동료 비행사들을 구출했고 희생자들 앞에서 눈물을 흘렸다.

- 생텍쥐페리, 《젊은 날의 편지》 중에서

**또한 당시 생텍쥐페리가 르네 드 소신느에게 쓴 편지 한 장에는
아직도 카페크렘의 향기가 남아 있다.**

나의 오랜 친구 리네뜨

나더러 이 영웅적인 말을 잊었다고 할까봐 썼소. (손가락 끝이 얼었소. 크림커피를 여러 잔 마셨는데도 몸이 녹지 않는 구려.) 나는 정찰비행을 나갈 시간을 기다리면서(카사블랑카 경유 왕복비행) 비행기 아홉 대를 접수하고 있소. 나는 매우 행복하오. 그러나 이곳에선 그것조차도 엄청난 고독이라오. 편지를 좀 보내주오. 비록 생-기욤 가(街)의 저녁나절보다야 못하겠지만 그것만으로도 나는 무척 행복해질 거요. 오늘은 음울하고 서글픈 날씨요. 오후에는 홍수같이 퍼부어대는 빗 속. 지상 백 미터 상공에서 새 비행기 시험비행을 한 시간 동안 했소. 당신은 이런 감동적인 비행은 상상도 못할 거요. 그건 비행이라기보다는 차라리 목욕이었소. 당신은 멋진 친구지만 나는 그런 말은 잘 못하겠소. 이렇게 생각만 하고 있을 뿐이오. (1926.10.22. 툴루즈에서)

- 생텍쥐페리, 《젊은 날의 편지》 중에서

생텍쥐페리의 친구들은 그를 '생텍스…Saint-Ex…'라고 줄여 부른다. 풀 네임보다 더욱 정감 있는 이름이며 발음이다. 우리가 생각하는 그의 이미지와 매우 유사하다. 그 이미지란 결국 《어린왕자》에서 비롯된 것인데, 어느 행성에서 온 몽상가처럼 각인되어 있는 것이다. 또 하나의 이미지는 하늘에서 실종된 비행사, 이승에 자신의 흔적을 남기지 않고 우리들 기억 저편으로 사라진 환상이다. 그러나 실제 그는 그렇게 몽환적인 이미지의 인물은 아니었다. 투지와 모험심에 가득 찬 사람으로, 스페인 내전이 일어나자 《파리 수아르》지의 특파원 자격으로 바르셀로나로 달려갔으며(1936), 파리-사이공 항공노선 비행 기록 돌파를 시도하였으나 실패하였고, 1938년에는 또다시 뉴욕-떼라 델 퓌에고Tjerra del Fuego 간의 기록 수립에 나섰지만 역시 실패하였다. 그러던 중 과테말라에서 끔찍한 충돌사고를 일으켜 일생동안 회복을 못 할 정도의 부상을 당하고 팔을 절단하라는 권고까지 받는다. 그럼에도 불구하고 제2차 세계대전이 일어나자 공군 대위로 다시 참전하여 주둔지인 툴루즈에 근무한다(르네 드 소신느에게 쓴 편지의 주소가 바로 그곳이다).

그러다가 1944년 7월 31일 8시 45분, 그는 꼬르시까 섬 보르고 기지에서 9회째 정찰비행으로 1만 km 상공을 시속 700km로 달리다가 사막의 어린왕자처럼 그 길로 홀연히 자취를 감춰버렸다.

그의 작품들은 모험에 가득한 세계가 담겨 있다. 《남방비행》, 《인간의 대지》그리고 유고가 된《어린왕자》. 그중 우리는 그가 남긴 카페크렘의 향기와 어린왕자의 몽상과 실종의 이미지를 아름답게 편집하여 가지고 있는 것이다.

흔해 빠진 카페라떼가 아닌 카페크렘을 주문하며, 문득 앙투안 드 생텍쥐페리가 아닌 친근한 이름 '생텍스…'가 떠오르는 것은 바로 이 때문이다.

비행복을 입은 생텍쥐페리

그리고 65년 후 '생텍스…Saint-Ex…'

앙투안 드 생텍쥐페리가 몰던 비행기는 1944년 7월 31일 밤 독일군 전투기에 의해 격추당한 것으로 확인됐다. 제2차 세계대전 당시 나치스 공군에 복무한 호르스트 리페르트는 프랑스 언론과 인터뷰를 통해 당시 툴롱 부근 상공을 날던 생텍쥐페리의 미국제 P38라이트닝 전투기를 발견하고 요격해 떨어뜨렸다고 증언했다. AFP통신 인터넷판이 2008년 3월 16일 전한 바에 따르면 리페르트는 메세르슈미트 ME-109 전투기를 조종해 남프랑스 밀의 기지를 이륙, 비행하다가 약 3km 아래쪽에서 마르세유 방향으로 향하는 라이트닝 전투기에 접근해 기총소사를 가해 날개에 명중시켰다고 밝혔다. 기관총에 여러 발을 맞은 항공기는 거꾸로 해상에 곤두박

질쳤으나, 기체 안에서 누구도 탈출하지 않았으며 조종사도 발견하지 못했다.

그런데 프랑스 일간지 르피가로는 2000년 5월 27일, 프랑스 남부 마르세유에서 잠수 장비상을 운영 중인 잠수부 뤽 방렐이 지난 23일 마르세유 연안 프리울섬 근처 해저 85m 지점에서 1944년 7월 31일 실종된 생텍쥐페리가 탔던 정찰기 잔해로 추정되는 물체들을 찾아냈다고 보도했다. 방렐은 다른 사람들이 잔해를 훔쳐갈 위험을 우려해 정확한 장소는 밝히지 않았으나, 1998년 어부 장 클로드 비앵코가 생텍쥐페리의 이름이 새겨진 은팔찌를 발견한 장소 바로 옆이라는 것은 알렸다.

그는 왼쪽 랜딩기어, 터보 과급기를 찾아내 수중 촬영했으며 주위에는 수하물 조각들이 널려 있었다고 말했다. 사진촬영용 정찰기로 개조한 록히드 라이트닝 P-38기인 J형 정찰기를 타고 코르시카 섬에서 이륙했던 생텍쥐페리는 프랑스 남부 해안을 비행하던 중 실종된 것으로 알려졌다. 르피가로는 아마추어 역사가이자 전투기 전문가인 필립 카스텔라노의 말을 인용하며, 방렐이 발견한 잔해들이 생텍쥐페리의 정찰기 잔해일 것이라는 데 확신을 보였다. 카스텔라노는 "역사적, 수학적 추론에 따라 결론에 도달한 바, 이 잔해들은 문제의 정찰기의 잔해임에 틀림없다."고 말했다. 당시 프랑스 해안에서 실종된 P-38기는 총 12대로 J형은 불과 4대뿐이다. 생텍쥐페리의 정찰기를 제외한 다른 3대는 현재, 소재가 확인 된 상태다.

그러나 그의 열렬한 독자들은 생텍쥐페리가 어느 행성으로 날 아가 현존하고 있을 것으로 믿는다. 나 역시 그런 사람들 중 하나 이다. 시인이나 작가들의 종말은 이처럼 신비해야 한다. 그렇게 신 기루처럼 환영을 남기고 사라져 버린다면 얼마나 좋을까? 끝내주 는 작품 몇 편을 남기고 사라져 버리기. 그러다가 문득 커피 향기처 럼 되살아나기. 마치 정체봉의 동화처럼 오랜 향기로 남아 있는다 는 것은 얼마나 어려운 일인가……. 크림커피. 70년대 다방에서 커 피를 시키면 어김없이 쥐 밥그릇 같은 용기에 담겨 나오던 생크림. 생텍스 커피는 바로 이런 맛이었다.

그는 공중에서 사라졌다.
시린 손을 비비며
뜨거운 크렘커피를 한 잔 마시고 나서
수직상승 그리고 문득
산화散華.
아 우리도 저렇게 깨끗하게 신화처럼 죽어야한다.
생텍스…Saint-Ex…
삶이 남루하고 누추할 때
시린 손을 비비며 마시는 커피
생텍스… 카페크렘.

☕ 워밍업

노트를 펴고 다음 문장을 한국어로 해석한다. 영어가 약하다면 번역본을 같이 펴고 노트
에 옮기며 커피를 마실 준비를 한다.

(......) "My little man, where do you come from? What is this 'where I live,' of which you
speak? Where do you want to take your sheep?"

After a reflective silence he answered:

"The thing that is so good about the box you have given me is that
at night he can use it as his house."

"That is so. And if you are good I will give you a string, too,
so that you can tie him during the day, and a post to tie him to."

But the little prince seemed shocked by this offer:

"Tie him! What a queer idea!"

"But if you don't tie him," I said, "He will wander off somewhere,
and get lost."

My friend broke into another peal of laughter:

"But where do you think he would go?"

"Anywhere. Straight ahead of him."

Then the little prince said, earnestly:

"That doesn't matter. Where I live, everything is so small!"

And, with perhaps a hint of sadness, he added:

"Straight ahead of him, nobody can go very far..."

I had thus learned a second fact of great importance: this was
that the planet the little prince came from was scarcely any larger
than a house!

But that did not really surprise me much. I knew very well that
in addition to the great planets — such as the Earth, Jupiter,
Mars, Venus — to which we have given names, there are also hundreds
of others, some of which are so small that one has a hard time

seeing them through the telescope. When an astronomer discovers one
of these he does not give it a name, but only a number. He might
call it, for example, "Asteroid 325."
I have serious reason to believe that the planet from which the
little prince came is the asteroid known as B-612. (......)

☕아트레시피

1. 동양일보 홈페이지(http://dynews.co.kr)에 들어가 '이성우 큐그레이더의 이야기가 있는 커피 한 잔'이라는 시리즈 기사 중 하나를 클릭한다. 그러면 프렌치프레스(French Press)에 대한 다음과 같은 기사가 뜬다.

프렌치프레스는 뜨거운 물과 커피가루를 함께 넣어 우린 다음 압력(Press)을 이용해 추출하는 커피기구입니다. 종이필터를 사용하는 드리퍼는 커피의 지방성분이 필터에 흡착되어 커피를 깔끔하게 즐길 수 있습니다. 반면 프렌치프레스는 방향성분을 많이 함유하고 있는 오일이 커피에 녹아들어 유럽식의 거칠고 묵직한 볼륨감과 커피 본연의 다양함을 그대로 느낄 수 있습니다. 프렌치프레스라는 이름에서처럼 프랑스에서 많이 사용되는 커피기구이기 때문에 프랑스에서 발명된 것으로 알려져 있지만 사실은 1933년 칼리멘이라는 이탈리아인이 최초로 만든 것입니다. 그러나 2차 세계대전이 끝난 후 프랑스의 멜리오르(Merior)사에서 브랜드로 처음 개발해 시판하면서 프랑스에서 가정용 커피메이커로 많은 사랑을 받게 되었습니다. 그 후 '보덤'사에서 '멜리오르'사를 합병하면서 '보덤'이 프렌치프레스 포트의 대명사가 되었습니다.

프렌치프레스 포트는 가정용으로서 다른 제품에 비해 저렴하고 사용법이 간단해 널리 보급돼 있으며, 홍차를 우리는 데도 사용되어지고 있어 멜리어(Meriot), 플런저 포트, 티메이커(Tea-Maker) 등의 다양한 이름으로도 불리어 진답니다. 프렌치프레스를 맛있게 우리기 위해서는...

Art Recipe

① 약배전 된 커피보다는 중·강배전 된 커피를 사용하여 드립커피보다 조금 더 굵게 분쇄
합니다.

② 커피의 골든컵 기준에 따라 1인분 기준 8g의 커피와 92도 온도의 물 150㎖를 붓고 대나
무 스틱으로 골고루 젓습니다.

③ 필터가 달린 뚜껑을 가만히 올려놓습니다. 이때 구멍이 뚫린 쪽을 뒤쪽으로 돌려놓아야
열손실을 막고 눌렀을 때 커피가 튀는 것을 막아 줍니다.

④ 커피가 맛있어지는 시간인 4분을 기다린 뒤 필터를 아래로 지그시 눌러 커피를 걸러낸
후 미분이 가라앉기를 잠시 기다렸다가 컵에 따라 마시면 됩니다. 컵에 따를 때는 필터막
대기는 움직이지 않게 고정시키고 뚜껑만 돌려주세요.

2. 이렇게 뽑아낸 커피에 따듯하게 데운 생크림을 넣어 생텍스 커피를 완성한 뒤, 맛있게 마
신다.

열한 잔

이사도라 던컨 커피

Isadora Duncan 1878.5.27~1927.9.14

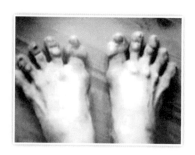

위 사진은 발레리나 강수진의 발이다. 시인 고은은 그녀의 발을 보고, 다음과 같이 말한다.

누구의 발인지 짐작이나 하시겠습니까?

희귀병을 앓고 있는 사람의 발이 아닙니다.

사람의 발을 닮은 나무뿌리도 아니고

사람들을 놀래켜 주자고 조작한 엽기사진 따위도 아닙니다.

예수의 고행을 쫓아 나선 순례자의 발도 이렇지는 않을 것 같습니다.

명실 공히 세계 발레계의 탑이라는 데 누구도 이견을 제시하지 않을,

발레리나 강수진의 발입니다.

그 세련되고 아름다운 미소를 가진,

세계 각국의 내로라하는 발레리노들이

그녀의 파트너가 되기를 열망하는,

강수진의 발입니다.

시인 고은은 경악을 하며 우아한 발레리나의 오늘이 있기까지
보이지 않는 곳에서 혹사당한 그녀의 발과 그 속에 감추어진 아름
다움의 진실에 놀랐다. 정상에 오를 때까지 그녀가 흘린 땀과 눈
물, 그리고 자기 자신을 향한 혹독한 훈련의 결과인 토슈즈 속의
진실을 보게 된 것이다.

하지만 진실은 거기에만 있는 것이 아니었다. 20세기가 열리던
해 발레가 중심이었던 무용계의 패러다임을 바꾸는 혁명적인 사건
이 터진다. 그것은 맨발의 무용수, 이제는 신화가 된 한 여인에 관
한 이야기이다. 무용수가 신발을 벗어 던진다는 말이 용인될 수 없
었던 시절, 그녀는 발레의 상징인 토슈즈를 스스로 벗어 던졌다. 그
리하여 그녀가 선택한 것은 자유였다.

그녀는 바로 이사도라 던컨Isadora Duncan: 1878~1927이다. 그녀는 발
레리나들의 발을 옭죄던 토슈즈를 과감히 벗어 던진다. 하지만 그
것은 단순하게 신발만을 벗어 던진 것이 아니었다. 그녀의 행동은
형식에 얽매인 발레에 대한 도전이었다.

당시 유럽의 무용계는 오직 발레뿐이었다. 그러나 발레 기법이
극도로 발달하면 발달할수록 정형적인 패턴이 생겨나게 되고, 정
해진 기법에 의하지 않고서는 신체를 표현할 수 없는 지경에 이르

좌_ 발레에서 여성 무용수가 신는 토슈즈
우_ 발레의 틀을 깨고 자유로운 무용을 창조한 맨발의 무용수, 이사도라 던컨

렸다. 틀이 생긴 것이다. 그것은 더 이상 가장 이상적인 표현을 위한 형식이 아니라, 인간의 자유로운 상상력까지 얽매는 구속이 되었음을 사람들은 인식하지 못했다.

그때 유럽 예술계에 미국에서 가축 수송선을 타고 건너온, 당돌한 젊은 무용수가 있었다. 먹고 살기 위해 술집에서 캉캉과 같은 서푼짜리 춤을 추던 이 삼류 무용수는, 1899년 자신의 존재를 알아주지 않던 미국을 떠나 남편에게 버림받은 어머니와 함께 유럽으로 건너온다. 그녀가 바로 이사도라 던컨이다. 하지만 고생 끝에 도착한 유럽은 그녀에게 처음부터 자유로운 세계를 열어준 것은 아니었다. 침울한 런던의 생활 속에서 그녀는 혹독한 시련기를 보냈다.

하지만 그녀는 그러한 시련에 굴복하지 않고 자신의 지향 목표를 정한다. 그것은 고대 그리스 정신의 회복이었다. 고대 그리스 여인들의 몸짓 속에서 그녀는 바람과 같은 자유의 숨결을 찾아냈다. 그리고 그리스 튜닉을 입고 몸의 실루엣을 드러낸 이사도라 던컨은 바람결 같은 몸짓으로 고대 그리스의 정신을 부활시켰다.

그것이 완성되는 동안 뼈를 깎는 인고의 시간에 그녀를 지탱해 준 것은 한 잔의 커피와 딱딱한 빵 한 덩이였다. 커피, 그것은 바로 그녀의 생존이었다. 이사도라 던컨에게 커피는 생명의 양식이었던 것이다. 그녀는 그 힘으로 유럽의 무용계를 굴복시켰고, 20세기 모던 댄스의 첫 장을 열게 된다.

우리는 돈도 없고 친구도 없고 그날 밤 잘 곳을 발견할 수 있으리라는 가능성도 없이, 런던 거리를 헤매고 있었다. 우리는 두세 군데 호텔에도 들어가 봤다. 그러나 그런 곳에서는 짐이 없을 경우 선불을 요구했다. (……) 드디어 우리는 그린파크의 벤치에 주저앉았다. 그러나 그것도 순경이 와서 다른 데로 가라는 것이었다. 이런 상태가 사흘 낮 사흘 밤 동안 계속되었다. 우리는 1전 짜리 둥그런 빵으로 연명을 했다. 그런 상태에서도 우리는 놀랄만한 정력을 가지고 낮에는 대영박물관에서 살다시피 했다. 그러나 나흘째 동이 터오자 무언가 해야 한다고 결정을 내렸다. (……) 우리는 시간의 대부분을 대영박물관에서 보냈다. 레이몬드는 그곳에서 그리스의 항아리 부조를 모두 스케치 했고 나는 그것을 춤으로 표현해 보려고 노력했다. 발의 리듬과 그리스 신화에 나오는 움직임과 디오니서스적인 것을 조화시킨 어떤 흐름을 만들어 내려는 것이었다. 우리는 대영박물관의 도서관에서도 매일 몇 시간씩을 보냈다. 그리고 휴게실에서 둥근 빵과 우유를 탄 커피로 점심을 먹었다.

- 이사도라 던컨, 《이사도라 던컨 - 나의 예술과 사랑》 중에서

이사도라 던컨이 마신 커피는 카페오레가 분명하다. 우유가 들어 있어 맛이 부드러우므로 프랑스에서는 주로 아침에 마신다. 또한 이탈리아에서는 카페띠에라Caffettiera라고 한다. 모카포트를 이용해 뽑은 진한 커피에 데운 우유를 듬뿍 넣어 아침 대용으로 마신다. 카푸치노에 비해 거품이 거의 없거나 아주 적다. 에스파냐에서는 카페콘레체cafe con leche, 프랑스에서는 카페오레cafe au lait라고 부른다. 이사도라 던컨이 마신 커피는 우리가 흔히 카페라떼라고 부르는 바로 그것이다.

그러던 그녀는 뜻밖의 죽음을 맞는다. 1927년 9월 14일, 남프랑스의 니스에서 길고 긴 그녀의 스카프가 차바퀴에 말려 들어가 스카프에 목이 졸려 질식사한 것이다. 그녀는 비록 극적인 순간에 세상을 떠났지만, 그녀가 남긴 자유로운 영혼은 여전히 우리들 가슴속 깊이 남아 아름다운 춤을 추고 있다. 이사도라 던컨답게……

서른 살의 나이로 자살한 천재 시인 세르게이 예세닌. 그는 자신보다 열일곱 살 연상인 이사도라 던컨과 사랑에 빠졌고, 두 사람은 1922년 결혼식을 올리지만 이별과 재회를 거듭하다 1924년 결별한다. 이듬해 호텔 방에서 혈관을 끊은 채 목을 매달아 자살한 그가 남긴 것은 <잘 있거라, 벗이여!>라는 유작시 한 편이었다.

안녕, 나의 친구, 다시 만날 때까지 안녕.

다정한 친구, 그대는 내 가슴 속에 살고 있네.

우리의 예정된 이별은

이 다음의 만남을 약속해 주는 거지.

안녕, 나의 친구, 악수도 하지 말고, 작별의 말도 하지 말자.

슬퍼할 것도, 눈썹을 찌푸릴 것도 없어.

삶에서 죽음은 새로운 일이 아니니까,

그러나 삶 또한 새로울 것은 하나도 없지.

- 세르게이 예세닌, <잘 있거라, 벗이여!>

예세닌은 던컨의 죽음을 이렇게 예견했던 것이다.

이사도라 던컨을 상징하던 길게 늘어뜨린 스카프는 드라마틱하게도 죽음의 스카프가 되고 말았다.

이사도라 던컨은 남프랑스의 니스에서
1927년 9월 14일에 죽었다. 길에서
차바퀴에 말려든 길고 긴 스카프에
목이 감겨,

아름답게 죽는다는 것은 이런 것이다.
우린 너무나 평범하게 죽어 간다.

맨발로 무대를 나르듯 뛰듯 허공으로 사라진
아름다운 무용수. 어느 삶이
이처럼 극적일 수 있겠는가.

연극과 무용을 무던히도 사랑했던
노기자 老記者 구히서의 번역향 翻譯香 이
오렌지 주스처럼 풍기는 낡은 책 한 권을
아껴 읽으며 겨울밤을 지새우는
맛이 자못 흐뭇한 날
송곳 같은 추위가 강타한 크리스마스.

커피, 치명적인 검은 유혹

서울 곳곳의 수도계량기들이
폭죽처럼 동파하고 있었다.

Art Recipe

☕ 워밍업

그리스 출신의 전자 바이올리니스트 니코스(Nicos)의 음반을 골라 그리스 전통 관악기 쑤루나(Zoma), 타악기 다르부카(Darbuka), 클라르넷(Klarnet), 바이올린인 카만(Karman), 하프 모양의 치터(Zither), 류트의 일종인 우드(Ud), 벤조와 흡사한 쿰부스(Cumbus) 등으로 연주되는 <Kalinifta(가슴이 따뜻한 사람)>, <Nicos Plays Mikis Theodorakis(그리스인 조르바 테마곡)>, <The Train Leaves at Eight(기차는 8시에 떠나네)> 등을 연속으로 흘려들으며 그리스의 예술에 흠뻑 빠져 있던 던컨의 생각을 읽어낸다. 분위기는 던컨과 그가 흠모하던 고대 그리스를 이연연상(二連聯想, Bisociation)한다.

☕ 아트레시피

1. 전자레인지에 우유를 1분 정도 돌려 데운다.

2. 따뜻해진 우유를 거품기나 도깨비 방망이로 돌려 거품을 만든다.

3. 진하게 뽑은 커피나 우유에 넣는다. 커피전문점에서 파는 카페라떼의 맛과 다름없는 커피를 만든다.

4. 눈을 감고 그리스 하늘과 지중해 바다 빛깔을 떠올려 본다. 그리고 나서 자유로운 여인 던컨의 커피에 빠져 본다.

열두 잔

아! 전혜린 커피

Hye Rin Jean 1934.1.1~1965.1.11

번역가이자 수필가로, 짧지만 강렬했던 삶을
살다 간 전혜린

　불꽃같이 한 생애를 살다 간 여인이 있었다. 전혜린田惠麟:
1934~1965. 그녀는 경기여자중·고등학교를 졸업하고 1953년 서울대
학교 법과대학에 입학하여 다니다가, 3학년 때 독일로 가서 1959년
뮌헨대학 독문학과를 졸업, 1959년 귀국하여 서울대 법대와 이화
여자대학 강사를 거쳐 1964년 성균관대학 조교수가 되었다. 그리
고 1964년 이혼 후, 그 다음해 31세의 젊은 나이에 구겨진 휴지를
버리듯 이 세상을 버린다.

　그녀가 살았던 31년의 짧은 기간은 우리나라 역시 일제하의 태
평양 전쟁, 해방의 기쁨과 혼란, 그리고 한국전쟁과 이승만 정권의

장기 독재, 4·19, 5·16 등 말 그대로 격랑의 시대, 한 치 앞도 가늠하지 못하는 역사의 소용돌이를 겪어 왔다. 그녀는 매우 섬세한 감성을 지닌 여인이었지만, 당시의 역사적 상황을 섬세한 감성을 지닌 한 여인이 견디기엔 너무 버거웠던 것일까?

당시 그녀가 꿈꾸었던 문화적 삶은 오늘의 우리가 향유하는 문화와 더 가깝다. 50년을 앞당겨 오늘의 삶을 살았던 전혜린. 그녀는 오늘날 독자들에게도 친근한 F. 사강의 《어떤 미소》, L. 린저의 《생의 한가운데》, H. 뵐의 《그리고 아무 말도 하지 않았다》를 추려내 우리말로 옮긴 번역가이며, 가슴속 진솔한 속내를 숨김없이 토로한 수필가로, 오늘까지 많은 사람들의 가슴에서 지워지지 않는 불꽃으로 남아 있다.

하지만 그녀의 모습이 우리들에게 확실한 이미지로 각인된 계기는 의외로 드라마에서였다. 공중파 3사의 황금시간대 드라마가 아니라, 교육방송이 만든 의외의 드라마 <명동백작>에 주역으로 설정되면서부터 말이다. <목마와 숙녀>의 박인환, 첼리스트이며 지휘자로 가난하게 살다가 명동성당 앞 대폿집 '은성(탤런트 최불암의 어머니가 운영하던)'에서 술잔을 손에 든 채 숨진 김인수, 시인 김수영, 소설가 김동리, 평론가 조연현 그리고 서정주, 황순원, 양주동, 이어령, 이중섭, 이해랑같이 6·25전후 1950년대 중반에서 격동의 60년대까지 황량한 서울 명동에서 일어난 낭만적 예술가들의 삶이 그대로 드러나 있는 이 드라마에서, 그중 단연 돋보이는 여인은 바로 선혜린이었다.

그녀는 1955년 전공하던 법학을 포기하고 독문학을 공부하기 위해 훌쩍 한국을 떠난다. (이것은 유학이라기보다 마광수식 표현대로 탈출이라야 옳다.) 그녀가 도착한 곳은 뮌헨의 슈바빙. 그곳에서 그녀는 그릴파르처의 문학과 니체와 루 살로메에 몰두한다. 공리적이고 딱딱한 법학을 버리고 그녀가 찾아낸 것은 철학과 문학, 그뿐 아니라 포연이 채 가시지 않은 분단 한국에서 느끼지 못했던 예술의 향기였다. 그녀는 뮌헨의 슈바빙적 분위기에 흠뻑 취한다. 1958년 한국일보 유학생의 편지에 입선한 〈뮌헨의 몽마르트르〉란 글에서 그녀는 그곳의 분위기를 이렇게 설명했다. "슈바빙은 뮌헨의 핵심이라고 말할 수 있다. 슈바빙을 유명하게 만들고 독일의 다른 도시 또는 도대체 독일적인 것과 구별하고 있는 것은 그 오랜 역사 때문이 아니라 특유한 분위기 때문이다. 그것은 무엇이라고 정의 내릴 수 없는 독특한 맛, '슈바빙적'이라는 말 속에 총괄되는 자유, 청춘, 모험, 천재, 예술, 사랑, 기지 등이 합쳐진 맛으로서 옛날의 몽마르트르와 비슷하기는 하지만 전혀 다른 자기의 맛을 가진 정신적 풍토라고 말할 수 있을 것 같다. 젊은 토마스 만, 야콥 왓싸만, 웨데킨트, 스테판 게오르게들을 뮌헨에 끌었던 것도 이 슈바빙적인 것 때문"이라고 말했다.

그 후 그녀는 다시 한국으로 돌아오지만, 당시 암담한 한국의 현실은 그녀를 절망케 한다. 그렇게 원했던 대학에 자리를 잡고 활발한 번역 활동을 하며 문단의 지인들과 교류를 벌였으나, 그와 함께 가정생활마저도 그녀의 삶을 충족시켜 주지는 못했다. 그리고 이어지는 이혼과 우울증. 그러다가 결국 무심하게 삶을 포기하고 만다. 그녀는 자살하기 며칠 전 다음과 같은 글을 남긴다.

장 아제베도에게

1965년 1월 6일 새벽 4시. 어제 집에 오자마자 네 액자를 걸었다. 방안에 가득 차 있는 것 같은 네 냄새. 글(내가 무엇보다도 사랑하는). 갑자기 네 편지 전부(그중에서 내가 제일 좋아하는 것들)를 벽에 붙이고 싶은 광적인 충동에 사로잡혔다.

나는 왜 이렇게 너를 좋아할까? 비길 수 없이. 무엇과도 바꿀 수 없이 너를 좋아해. 너를 단념하는 것보다도 죽음을 택하겠어. 너의 사랑스러운 눈, 귀여운 미소를 몇 시간만 못 보아도 금단현상(아편 흡입자들이 느낀다는)이 일어나는 것 같다. 목소리라도 좀 들어야 가슴이 끓는 뜨거운 것이 가라앉는다. 너의 똑바른 성격, 거침없는 태도, 남자다움, 총명, 활기, 지적 호기심, 사랑스러운 얼굴…….
나는 너의 모든 것을 사랑한다Ich liebe alles an dir.
내가 이런 옛날 투의 편지를 쓰고 있는 것이 좀 쑥스럽고 우스운 것도 같다. 그렇지만 조르주 상드G.Sand가 뮈쎄Musset와 베니스에 간 나이인 것을 생각하면 아직도 나는 좀 더 불태워야 한다고 분발도 해본다. 나의 지병인 페시미즘 Pessimismus을 고쳐줄 사람은 너밖에 없다. 생명에의 애착을 만들어 줄 사람은 너야. 오늘 밤 이런 것을 읽었다.

'사랑? 사랑이란 무엇일까? 한 개의 육체와 영혼이 분열하여 탄소, 수소, 질소, 산소, 염 기타의 각원으로 환원하려고 할 때 그것을 막는 것이 사랑이다.' 어느 자살자의 수기 중의 일부야. 장 아제베도! 내가 원소로 환원하지 않도록 도와줘! 정말 너의 도움이 필요해. 나도 생명 있는 뜨거운 몸이고 싶어. 가능하면 생명을 지속하고 싶어. 그런데 가끔 가끔 그 줄이 끊어지려고 하는 때가 있어. 그럴 때면 나는 미치고 말아. 내 속에 있는 이 악마Totessehnsucht를 나도 싫어하고 두려워하고 있어. 악마를 쫓아줄 사람은 너야. 나를 살게 해줘.

- 전혜린, 《그리고 아무 말도 하지 않았다》 중에서

그리고 1965년 1월 6일 정오경, <다시 장에게>란 이어 쓴 글에서 "눈이 멎지 않고 내리고 있어. 눈 속을 헤매고 싶어. 너는 무얼하니……." 이것이 그녀가 쓴 마지막 글이 되었다.

시인 김남조는 전혜린의 영전에 절절한 시 한 편을 올린다. 시보다 간명하게 모든 사람들의 가슴을 울리는 글은 없다. 참으로 안타깝고 아쉬운 마음이 김남조의 시에 녹아 있다.

그대 꽃다운 나이에
하마 생명의 잔을 비우고 떠나는
허적한 뒷모습이여.

간간히 흰 눈발 뿌리고
그대 탄생 월의
보석
자홍 자류석에도
눈물이 괴었어라.

총명하여 총명하여
불구슬처럼
빛나고 아프던 눈망울이여
그대 눈망울이여.

아침 날빛에
저녁 으스름에 되살아나는
영 못 잊을 눈망울이여.

새삼 사람의 무상을

그대로 해 알겠거늘

고단한 어족 떼처럼 지쳐

흰 목덜미 더욱 외롭던 이여

허지만

유한이야 없으리.

그대가 받은 시간과

사랑

남김없이 다 쓰고

첫 새벽 흰 원고지 위에

한 자루 촛불 다 타듯

눈감은 이여.

흰 눈발

더 희게 나부낄 저승길을

너그러운 마음씨로

부디 모든 일 다 잊고 가라.

- 김남조, <흰 눈발 더 희게 희게 - 전혜린씨 영전에>

그렇게 전혜린은 떠났지만 그녀를 잊지 못하는 사람들은 아직도 존재한다. 그렇다면 독일 뮌헨에서 그녀가 만난 것은 대체 무엇이었을까? 철학과 문학, 옥토버 페스트의 맥주? 그러나 의외롭게도 그녀가 만난 것은 진한 커피 한 잔의 향기였다. 그녀가 꿈꾸던 제대로 된 커피가 바로 그곳에 있었던 것이다.

슈바빙에서 전혜린이 즐겨 찾았다는
'제에로오제(Seerose)' 카페 전경

(1953년 9월 3일 부산에서 전혜린이 동생 채린에게 보낸 편지를 보면, 그녀는 하루하루 끼니를 걱정해야 하는 전쟁의 피난지였던 부산에서 당시 현실로서는 가당치 않은 꿈을 꾸었다.)

우선 너는 오락을 책과 자연 속에서 찾아야 할 것이다. 내 설계도에 의하면…… 저녁때 박물관 수풀 속에 뒹굴면서 읽어야 할 것이다. 보들레르를, 하이네를, 괴테를, 바이런을 그리고 이방인을 읽어야 돼. 공일날에는 눈동자나 독서로 인하여 깊어져 있는 마음 맞는 벗과 남산에 올라갈 것이다. 제일 높은 곳에서 서울이, 집이, 사람이 얼마나 작은가를 내려다 볼 것이다. 그리고 함께 읽은 책 한 권을 에워싸고 끝없는 논쟁에 들어갈 것이다.

목이 마르면 샘물을 마시고, 그리고 피곤하면 잔디 위에 누워서 별을 싫을 때까지 세다가 돌아갈 것이다. 진한 커피를 끓여 놓고 기다리고 있는 나의 방으로…… 밤에는 자연에서 받은 감정을 정리하여 노트하거나, 지식을 넓히기 위한 공부를 할 것이다. 창을 열어 놓고 너와 나는 마주 앉아 각각 자기의 세계에 깊이 잠겨 들어가 공부에 열중하여 서로 누가 곁에 있는지를 잊고 있을 것이다. 새벽이 될 때까지 그렇게 하고 동녘 하늘이 레몬색을 띠우기 시작하면 우리는 말없이 불을 끄고 침대에 올라갈 것이다. 서너 시간의 수면 후, 나의 커피 끓이는 냄새에 깬 너는 방을 쓸 것이다. 한 잔의 커피와 사과 한 개, 귤 한 개의 우리의 조반은 극히 짧고도 간단한 것이다.

- 전혜린, 《전혜린 에세이 2》 중에서

("목이 마르면 샘물을 마시고, 그리고 피곤하면 잔디 위에 누워서 별을 싫을 때까지 세다가 돌아갈 것이다. 진한 커피를 끓여놓고 기다리는 나의 방으로……." 그녀는 동생 전채린에게 그렇게 권했다. 피난지 부산, 편지 속에서 그녀가 꿈꾸던 곳. 그곳이 바로 슈바빙이었다.)

커피 맛을 배운 것도 구라파에서다. 커피콩을 갈아서 포트에 넣고 펄펄 끓는 물을 붓고 사오 분쯤 후에 받이개로 받아서 생밀크와 설탕을 타서 마시는 것이 보통 독일 가정의 커피다. 그러니까 커피를 끓이지 않는 셈이다. 분말커피는 원칙적으로 먹지 않는다. 커피 중에서 기억에 남는 것은 이태리 커피점(흔히 Espresso라 한다.)에서 오토매틱하게 커피가 끓으면 핸들을 꽉 눌러서 꼭 한 컵만 나오게 하는 에스프레소 커피다. 굉장히 진하고 빛이 검고 향기로운 커피였다. 그 커피에다 생크림을 피라밋형으로 올려놓고 그 피라밋 꼭대기에 코코아 가루를 살짝 뿌린 것을 카푸치노라 부른다. 감칠맛 있는 커피였다. 터키 커피라는 것도 마셔봤다. 보통 커피 잔에 이분의 일 가량의 아주 작은 잔에 담긴 무섭게 독하고 진하고 쓰고 마신다기보다는 먹는 느낌이 나는 커피였다. 그걸 한잔 마신 덕분에 밤새도록 잠 한 잠 못 잤던 기억이 아직도 생생하다. 무슨 악몽같이 강렬하고 직효적인 커피였다. 내가 만일 다시 구라파에 간다면 나는 우선 커피를 마시겠다.

- 전혜린, 《그리고 아무 말도 하지 않았다》 중에서

지금은 길거리 어느 커피점에 들러도 손쉽게 사 마실 수 있는 커피들이지만 50년 전 그녀의 수필 속에 드러난 뮌헨의, 뮌헨 슈바빙의 커피들. 카푸치노며 에스프레소며 터키 커피 같은 단어들은 궁핍하고 모든 것이 결핍되어 있던 시대의 사람들에게 얼마나 부럽고 생경한 것이었을까? 오히려 우리가 즐기는 커피들은 전혜린, 그녀가 가슴으로 느꼈던 예술과 문화의 향기가 사라진 그저 쓰디쓴 음료일 뿐일지 모른다. 인생과 삶의 의미를 생각하며 나누는 예술과 문화적 담론은 사라져 버리고, 외부 세상과의 단절이 두려워 커피를 마신다는 것을 빌미로 와이파이 존에 몰려와 끊임없이 누군가에게 하잘것없는 문자 메시지나 날리며 스마트폰에서 한순간도 눈길을 떼지 못한 채 불안하게 기계를 들여다보는, 자신이 외부와 단절되는 것을 단 한 순간도 견뎌내지 못하는 사람들의 공간.

이곳에서 마시는 커피는 그냥 쓰디쓴 음료에 불과하다. 문화와 예술과 철학의 담론이 사라진 시대, 길거리에 넘쳐나는 고급 커피 전문점에는 50년 전 전혜린이 뮌헨 슈바빙에서 마신 카푸치노나 에스프레소 커피를 너무나 손쉽게 구할 수 있다.

그러나 그 커피에는 한국전쟁 중 피난지 부산에서 전혜린이 꿈꾸었던, 절망과 궁핍 속에서 찾은 영혼의 안식과 같은 어떤 절실함도, 한 잔의 커피를 마시는 동안 누릴 수 있었던 잠시 동안의 문화적 허영도 사치도 없다. 뿐만 아니라 그가 명동 시절 다방에서 논하던 시와 연극, 예술과 철학의 담론도 없다. 반세기 전 어느 감성이 예민한 여류 문인이 꿈꾸던 공간과 향기로운 커피만 있을 뿐이다.

우리는 오늘도 주유소에 들러 기름을 넣듯 커피숍에 들른다. 오늘 문득 궁핍한 시대의 시인들이 누리고자 했던 남루한 낭만이 새로워지는 것은 무슨 이유일까? 오늘 문득 전혜린이 암호처럼 문장의 첫 줄에 올렸던 '장 아제베도'가 떠오르는 이유는 무엇일까?

한 잔의 커피와
사과 한 개
귤 한 개
극히 짧고
간단한 그녀의 조반.
오늘 나도 밤새 책을 읽다가
동녘하늘이 밝아오는 새벽에 잠들겠다.
그리고 서너 시간 노루잠을 잔 뒤
한 잔의 커피와
사과 한 개
귤 한 개
극히 짧고
간단한 조반을 먹을 것이다.

아! 전혜린 커피

Art Recipe

☕ 워밍업

독일식 나무 나이테 과자 바움쿠헨(Baumkuchen)과 함께 이데 커피(Idee Kaffee)나 달마이어 커피(Dallmayr Kaffee)를 구해 놓고 회사에 하루 월차휴가를 낸다.(학생이라면 수업을 빼먹고 그냥 쉰다.) 가능하면 수요일이 좋다. 평소처럼 일찍 일어났다면 아침을 챙겨 먹고 어디에서도 전화가 오지 않도록 휴대폰을 끄고 다시 잠을 잔다. 그리고 11시쯤 일어나 게으르게 브런치를 준비한다. 밥을 먹고 식곤증을 즐기며 다시 잠을 청한다. 오후 3시에 일어난다. 커피를 끓일 물을 준비한다.

☕ 아트레시피

1. 바움쿠헨을 칼로 자른다.

2. 집에 있는 커피 추출 기구를 이용해서 커피를 넉넉하게 내린다.

3. 가능하면 검은색 머그잔에 커피를 담는다. 그 다음 u 움라우트 발음에 주의하며 뮌헨(München)을, Sch 발음에 주의하며 슈바빙(Schwabing)을 한 번 되뇌고 커피와 바움쿠헨을 즐기며 다음 글을 읽는다.

> 노을이 새빨갛게 타는 내 방의 유리창에 얼굴을 대고 운 일이 있다. 너무나 아름다워서였다. 내가 살고 있다는 사실에 갑자기 울었고 그것은 아늑하고 따스한 기분이었다. 또 밤을 새고 공부하고 난 다음날 새벽에 느꼈던 생생한 환희와 야성적인 즐거움도 잊을 수 없다. (......) 격적적으로 사는 것, 지치도록 일하고, 노력하고, 열기 있게 생활하고, 많이 사랑하고 아무튼 뜨겁게 사는 것, 그 외에는 방법이 없다. 산다는 것은 그렇게도 끔찍한 일, 어려운 일이다. 그러나 그만큼 더 나는 생을 '사랑'한다. '집착'한다.
> 산다는 일, 호흡하고 말하고 미소할 수 있다는 일은 귀중한 일이다. 그 자체만으로도 의미 있는 일이 아닌가. 지금 나는 아주 작은 것으로 만족한다. 한 권의 새 책이 맘에 들 때, 또 내 맘에 드는 음악이 들려 올 때, 또 마당에 핀 장미의 복잡하고도 엷은 색깔과 향기에 매혹될 때, 또 비가 조금씩 오는 거리를 혼자서 걸었을 때, 나는 완전히 행복하다. 맛있는 음식, 진한 커피, 향기로운 포도주, (......) 햇빛이 금빛으로 사치스럽게 그러나 숭고하게 쏟아지는 길을 걷는다는 일, 그것만으로도 나는 행복하다.

전혜린, 《그리고 아무 말도 하지 않았다》의 〈긴 방황〉 중에서

4. 커피를 마시고 나서 그날 하루는 전화도 인터넷도 TV도 보지 않고 FM방송만 튼 채 '나는 행복하다'란 말을 수십 번 반복한 뒤 식곤증을 즐기며 다음 날까지 또 다시 잠을 잔다.

홍연택 커피
– 블랙 앤 스위트 블랙

Hyou Jack Hong. 1928. 12. 28 ~ 2001. 5. 17

홍핏대와 냉동건조커피 맥심

작곡가며 지휘자인 홍연택洪燕澤: 1928~2001. 사람들의 기억에 홍핏대로 더 잘 알려진 그는 임원식, 김만복, 원경수 씨와 함께 제대로 공부한 우리나라 1세대 지휘자 중 하나이다.

황해도 은율 태생인 그는 서울대 작곡과를 졸업하고 빈 유학을 마치고 돌아와 1972년 국립교향악단 상임지휘자로 부임했다. 그는 오페라 <시집가는 날>, <성춘향을 찾습니다>, <논개> 등을 작곡하고 박정희 전 대통령이 작사·작곡한 <새마을 노래>를 편곡한 것으로 잘 알려져 있다.

홍핏대라는 별명은 연습을 제대로 안하고 나타나는 단원에게 무안할 정도로 호된 꾸지람을 하는 직선적인 성격 때문에 붙여진 별명이다. 그러나 뒤끝이 있는 사람은 아니었다.

그의 가장 큰 업적은 코리안 심포니를 세운 것에 있다. 국립교향악단이 해체되고 KBS로 이관되자, 1985년 단원 45명으로 민간오케스트라 코리안 심포니를 창단한다. 이후 그의 음악적 삶은 적수공권赤手空拳에서 시작한 민간오케스트라 코리안 심포니의 발전에 전력을 다한다. 코리안 심포니는 그의 음악적 삶의 모든 것이었다고 말할 수 있다.

그러던 중 그는 1992년 국립오페라단이 상연한 베르디의 오페라 <팔슈타프>를 연습하다가 쓰러진다. 혈압 때문이었다. 한동안 휴식을 취한 뒤, 불편한 몸을 이끌고 다시 지휘봉을 잡는다. 그러나 2002년 한·일 월드컵 문화행사의 하나로 자작 오페라 〈논개〉를 위해 마지막 힘을 다하던 중 뇌일혈로 다시 쓰러진다. 그것이 그의 마지막이었다.

지휘자나 음악가의 활동은 공연의 현장이라야 옳다. 그런데 그런 사람이, 어느 날 뜻하지 않은 곳에서 대중들의 앞에 나타났다. 바로 텔레비전 광고였다. 1987년 '커피의 명작, 맥심'이란 카피와 함께 30초짜리 광고에 얼굴을 드러낸 것이다.

1980년 당시 "맥심은 정말 맛있는 커피입니다"라는 카피로 광고되기 시작한 냉동건조커피의 등장은 가히 혁명적인 것이었다. 그것은 건조커피를 동결시킨 후 진공상태에서 열을 가하여 분쇄하고, 증류시키는 방법으로 만들어졌다.

그 이전 인스턴트커피* 시장의 총아였던 가루커피와 차별화된 커피 맛과 향의 혁명이었다. 그리하여 냉동건조커피는 보통커피와 고급커피를 가르는 기준이 된다.

고급커피의 이미지를 심기 위해 시리즈 광고는 그 주인공으로 지성적 탤런트 이순재, 안성기를 내세우고 작가 이병주, 김이연, 정을병, 서양화가 석란희, 아나운서 고려진을 필두로 시인 조병화, 가야금연주자 황병기, 재미소설가 김은국, 시인 유안진, 사진작가 에드워드 김으로 이어지는 문화예술계 인사들을 총동원한다.

'커피의 명작, 맥심'이란 카피는 이 시리즈 광고에서 가장 많이 사용된 것인데, 그곳에 홍연택 선생이 불쑥 나타난 것이다. 느긋하게 커피를 마시고 오케스트라를 지휘하는 홍연택. 그러나 그 오케스트라가 바로 갓 창단된 민간오케스트라 코리안 심포니이고, 광고수입의 전액이 열악하기 짝이 없는 교향악단 운영비로 전액 사용되었다는 사실을 아는 사람은 별로 없다.

　여하튼 냉동건조커피 맥심으로서는 홍연택 선생을 통해 문화적·예술적 브랜드 가치를 창출했고, 신생 오케스트라는 지상파 광고를 타며 자신의 존재를 알렸다. 또한 고급커피 맥심은 변덕스런 우리들의 입맛을 바꾸어 버리는 데 성공한 것이다.

1987년 제일기획이 만든 동서식품 '맥심' 광고에 출연한 지휘자 홍연택

그랜드피아노가 놓여 있는 음악대학 1층, 오른쪽 첫째 방

홍연택 선생과 나의 인연은 코리안 심포니 오케스트라 창단 전후로 거슬러 올라간다. 당시 대학로 서울대학교 문리대 본관에 있던 직장을 다니던 나는 이런저런 업무로 홍연택 선생과 연계되더니, 은사인 박목월 선생과 음악대학 교수님들과의 연분에 휩쓸려 이래저래 한 학맥에 끼어버리고 말았다.

회사 눈치를 보며 몰래 강의를 나가던 어느 날, 하필 배정된 학과가 음악대학 교양과목인 탓에 음대 현관에서 홍팟대에게 딱 걸린 적이 있었다. 피아노과와 성악과의 교양국어 수업이 있던 그날, 나는 홍연택 선생 연구실로 다시 호출되었다. 그랜드 피아노와 육중한 가죽 소파가 놓인 음악대학 1층 현관에서 오른쪽 첫 방이 홍 선생의 연구실이었다.

홍 선생은 그곳에서 족히 한 다스는 될 2B 연필을 심을 길게 깎아 필통에 꽂아 두고, 소파에 앉아 오선지에 악보를 그리기도 하고 업무를 보기도 했다. 소파 옆 탁자엔 프림, 설탕, 커피 잔과 머그잔, 냉동건조커피 맥심 한 병이 놓여 있었고, 커피포트가 한 테이블에 갖추어져 있었다.

"이거 좀 읽어보라우."

홍 선생은 악보를 그리던 2B 연필 한 자루를 필통에 꽂아 넣더니 내게 〈페르귄트 Peer Gynt〉 조곡 악보와 낭송 대본을 건네주었다.

"다음 시간 성악과 강의가 있는데요."

"휴강하라우. 커피 한 잔 하갓써."

못 이긴 척 자리에 앉은 나는 블랙커피를 마시며 페르귄트와 배를 타고 먼 바다를 향해 여행을 시작했다.

"잠깐, 담배 한 대 피우고 들어오겠습니다."

개나리가 유달리 아름답게 피어 있는 눈부시게 맑은 오후였다. 나는 다시 돌아와 자리에 앉았다. 커피는 달콤해져 있었다.

"아까 설탕을 안 넣어 줬더구만."

그렇게 그리그의 〈페르귄트〉 낭송대본 윤문이 끝이 났다.

(한 달 뒤 어린이날 세종문화회관 대극장에서 코리안 심포니 오케스트라는 페르귄트의 모험이 낭송되는 그리그의 조곡을 연주했다.)

그날 나는 홍연택 선생에게서 복사된 자료와 녹음테이프 하나를 넘겨받았었는데, 테이프는 그리그의 〈페르귄트〉 모음곡이고, 자료는 입센의 희곡 〈페르귄트〉 복사물과 낱장으로 된 경개梗概 즉 줄거리였다.

제1막

어려서 부친을 잃은 페르귄트는 편모슬하에서 자랐는데, 부친에게서 물려받은 게으름이 몸에 밴 데다가 허황된 꿈만 좇고 있기 때문에 모친 오제의 살림은 말이 아니었다. 그는 솔베이그라는 연인이 있음에도 불구하고, 어느 날 마을 결혼식에 나가서 다른 남자의 신부 잉그리드를 빼앗아 산속으로 달아난다.

제2막

페르귄트는 얼마 되지 않아 곧 잉그리드를 버리고 산중을 방황하다가 푸른 옷을 입은 아가씨를 만난다. 곧 뜻이 맞아서 그녀 부친이 있는 데로 간다. 그곳은 산에서 사는 마왕의 궁전인데, 그녀는 그 마왕의 딸이었다. 마왕이 페르귄트에게 그의 딸과의 결혼을 강요하므로 그는 깜짝 놀라서 그곳을 빠져나오려 한다. 마왕은 화가 나서 부하인 요괴를 시켜서 그를 죽이려 들지만, 그때 마침 아침을 알리는 교회의 종소리가 들리고 마왕의 궁전은 순식간에 무너져, 페르귄트는 간신히 살아남는다.

제3막

산에서 돌아온 페르귄트는 잠깐 솔베이그와 같이 산다. 어느 날 모친 생각이 나서 어머니가 살고 있는 오두막으로 돌아온다. 모친은 중병으로 신음하다가, 아들의 얼굴을 보고 안심이 되었는지 페르귄트의 곁에서 운명하고 만다. 모친을 잃은 페르귄트는 다시 모험을 찾아 해외로 나간다.

제4막

각지를 돌아다니는 동안에 큰 부자가 된 페르귄트는 어느 날 아침 일찍 모로코의 해안에 닿는다. 그러나 사기꾼에게 걸려서 다시 빈털터리가 된다. 그러자

이번에는 예언자 행세를 하여 순식간에 거부가 되어 아라비아로 들어간다. 거기서 베드윈 족 추장의 주연에 초대된다. 아라비아 아가씨들과 추장의 딸 아니트라의 관능적인 춤으로 대접받은 페르귄트는 아니트라의 미모에 빠져 또다시 전 재산을 탕진하고 만다.

제5막

그 뒤 페르귄트의 생활은 여전히 파란만장. 마지막에는 신대륙 미국으로 건너가 캘리포니아에서 금광으로 큰 부자가 된다. 이제 늙어버린 페르귄트는 고국의 산천이 그리워서 그동안에 번 재물을 싣고 귀국길에 오른다. 그러나 노르웨이의 육지를 눈앞에 두고 풍파를 만나 그의 배는 재물을 실은 채로 물에 가라앉아 버린다. 다시 무일푼이 된 페르귄트는 거지나 다름없는 꼴로 산중 오두막에 다다른다. 그곳에는 이미 백발이 된 솔베이그가 페르귄트를 기다리고 있다. 페르귄트는 그녀를 껴안고 "그대의 사랑이 나를 구해주었다."고 하면서 그 자리에 쓰러진다. 늙고 인생에 지친 페르귄트는 이윽고 솔베이그의 무릎을 베고, 그녀가 노래하는 상냥한 자장가를 들으면서 그 파란만장한 인생을 마감한다.

커피를 절반을 쓰게 그리고
나머지는 달콤하게 마시는
블랙 앤 스위트 블랙.

절반은 쓰고 절반은 달콤한 커피처럼
<솔베이지의 노래>는 언제나 아련하다.

> 그 겨울이 지나 또 봄은 가고 또 봄은 가고
>
> 그 여름날이 가면 더 세월이 간다. 세월이 간다.
>
> 아! 그러나 그대는 내 님일세 내 님일세.
>
> 내 정성을 다하여 늘 고대하노라. 늘 고대하노라.
>
> 아! 그 풍성한 복을 참 많이 받고 참 많이 받고
>
> 오! 우리 하느님, 늘 보호하소서. 늘 보호하소서.
>
> 쓸쓸하게 홀로 늘 고대함 그 몇 해인가.
>
> 아! 나는 그리워라. 널 찾아 가노라. 널 찾아 가노라!

덩어리 갈색 커피 슈거를 휘젓지 않고
천천히 설탕을 녹이며
처음엔 쓰게 차차 달콤하게 마시는 커피.

블랙 앤 스위트 블랙.
사랑도 그런 것이 옳다.

이별은 언제나 쓰라리고 아프지만
기다림의 끝에 달콤함이 있다면
헤어져 있는 것도 견딜 만하다.
아, 누군가 애절하게 기다리는 사람이 있다는 것만으로도
사랑이란 견딜 만한 일이다.

커피, 치명적인 검은 유혹

★ 인스턴트커피에 대하여 ★

○ 원두커피와 동일한 선별, 혼합, 배전을 거친 후 적당한 크기로 원두를 분쇄하고 추출기에서 뜨거운 물로 커피 액을 추출한다. 이 추출된 액에서 좋은 향을 별도로 분리해 내고, 나머지 액은 농축을 한다. 농축은 추출된 커피 원액에서 수분을 증발시켜 진하게 만드는 공정으로 진공증발농축(감압농축)과 동결농축 등이 있다. 농축된 액에 분리해 둔 향을 첨가하는 과정을 거치고 나서 분무건조하면 분무건조커피, 얼린 후 동결건조 과정을 거치면 동결건조커피가 된다. 분무건조는 농축된 커피 원액을 고온에서 분무시켜 건조하는 방식으로, 최근에는 다단식 분무건조(Multi-Stage Spray Drying)라는 공법이 도입되어 더욱 풍부한 커피의 맛과 향을 살릴 수 있게 되었다. 이렇게 만들어진 분무건조커피를 흔히 가루커피라고 부른다. 분무건조커피를 아주 작은 입자로 분쇄해 향습 장치로 보내고 증기를 뿌리면 작은 입자들이 수증기와 함께 엉켜 일정한 크기의 과립 커피(Granule Coffee)가 된다. 이렇게 만들어진 과립 커피는 찬물에도 잘 녹는다. 한편 농축된 커피 원액을 영하 40도 정도의 낮은 온도가 유지되는 동결기로 보내고 얼음 상태에서 수분만 기체 형태로 제거해내면(승화) 최고급의 냉동건조커피를 만들어 낼 수 있다. 냉동건조커피는 흔히 입자커피라 불린다.

Art Recipe

🍵 워밍업

커피용 덩어리 설탕을 준비한다. 그리그(Grieg)가 만든 <페르귄트 조곡-제1모음곡('Peer Gynt' Suite for Orchestra No.1 Op.46)>을 튼다.

🍵 아트레시피

1. 냉동건조커피 맥심을 두 스푼 넣어 블랙커피를 만든다.

2. 커피용 덩어리 설탕을 넣어 처음에는 블랙으로, 덩어리 커피가 천천히 녹으면서는 단맛이 나는 블랙 앤 스위트 블랙의 커피 맛을 즐기며 책의 맨 마지막 글을 읽는다.

솔베이그 그이다! 그분이다! 하느님 감사합니다. (그에게 손으로 더듬으며 다가선다.)

페르귄트 내가 얼마나 많은 죄로 몸을 더럽혔는지 말해 줘!

솔베이그 당신은 아무런 죄도 저지르고 있지 않아요. 소중한 사람! (다시 손으로 더듬으며 다가와 그를 발견한다.)

단추공 (집 뒤에서) 페르귄트, 증명서는?

페르귄트 내 죄를 말해 줘!

솔베이그 (그 옆에 앉으며) 당신은 내 일생을 아름다운 노래로 만들어 주었어요. 당신에게 축복이 계시기를. 당신은 마침내 돌아와 주었어요! 펜티코스트의 아침의 재회에 축복이 있기를!

페르귄트 그럼 나는 끝장이야!

솔베이그 심판하는 분은 오직 한 분.

페르귄트 (웃는다.) 끝장이야! 당신이 수수께끼를 풀지 않는 한!

솔베이그 수수께끼를 말해 봐요.

페르귄트 말해 봐요! 말해 봐요! 이건 좋은데! 당신은 말할 수 있어? 페르귄트가 그때 이후 어디에 있었는지를?

솔베이그 어디에 있었어요?

페르귄트 이마 위에 운명의 (저주받은) 표식을 달고 신(神)의 생각 속을 달리면서 어디에 있었는지를? 당신은 말할 수 있어? 안 된다면 나는 나의 거처...... 안개 자욱한 나라로 내려가지 않으면 안 돼.

솔베이그 (미소 지으며) 아아, 그 수수께끼는 쉬워요.

페르귄트 그럼 말해 줘. 내가 어디에 있었는지, 자기 자신으로서, 내 전신, 내 진실? 나는 어디에 있었는지를? 하느님의 (저주의) 표식을 이마 위에 붙이고.

솔베이그 내 믿음 가운데, 희망 가운데, 사랑 가운데.

페르귄트 (놀라 물러선다.) 뭐라고? 응! 속이는 말이야. 그 속의 아기 모친이야, 당신은?

솔베이그 모친, 그래요. 하지만 부친은 누구? 그것은 소원을 듣고 용서해 주시는 분.

페르귄트 (그에게 빛이 비춘다. 그는 외친다.) 모친, 아내, 더럽히지 않은 여자! 아아, 나를 숨겨 줘, 그 속에 숨겨 줘! (그는 꼭 붙잡으며 그녀의 무릎에 얼굴을 묻는다. 오랜 정적. 태양이 뜬다.)

솔베이그 (조용히 노래한다.) 잘 자라. 내 소중한 아기! 너를 얼리고 지켜 주리니. 이 아기는 언제나 엄마에게 안기고, 둘은 이 세상에서 즐거웠지. 이 아기는 언제나 엄마의 가슴에 편히 쉬어 왔네. 축복이 있으라! 이 아기는 언제나 내 가슴에 꼬옥, 지금 이 아기는 지쳤네. 잘 자라, 내 소중한 아기! 너를 어르고 지켜 주리니.

단추공의 목소리 (집 뒤에서) 마지막 '십자로에서 만나는 거야, 페르. 그때 어떻게 되는지……. 더 이상 말 않겠다.

솔베이그 (아침의 눈부신 햇살 속에서 소리높이 부른다.) 너를 어르고, 지켜 주리니……. 잘 자라 꿈을 꾸며, 내 소중한 아기!

커피를 절반은 쓰게 그리고
나머지는 달콤하게 마시는
블랙 앤 스위트 블랙,

열네 잔

시인 김현승과 박목월의
커피 탑닉

사람들은 가을이 깊어지면 차가운 냉커피를 멀리하고 따뜻한 커피를 찾기 시작한다. 마음과 몸에 온기가 필요하기 때문이다. 그리고 어김없이 김현승 시인의 명작 〈가을의 기도〉를 낮게 읊조리게 된다. (테라스가 있는 커피하우스의 탁자에 낙엽이 몇 장 흩날릴 때 호올로 마시는 따뜻한 아메리카노) 가을은 시詩가 온기처럼 스미는 계절임에 틀림없다.

시인 이상李箱 이후 우리 시단에서 커피를 사랑하고 즐기며 자신의 문학적 바탕으로 삼은 시인을 꼽으라면 단연 김현승金顯承: 1913~1975과 박목월朴木月: 1916~1978을 들지 않을 수 없다. 김현승 선생은 스스로 호를 다형茶兄이라 지을 정도로 커피를 사랑했다. 찬바람이 불면서 두 시인의 커피 사랑이 유독 생각나는 것은 커피가 단순한 각성의 음료가 아니라 감성의 음료이기 때문이다.

커피와 고독을 좋아했던 시인 김현승

다형 김현승의 고독과 커피

가을에는

기도하게 하소서.

낙엽들이 지는 때를 기다려 내게 주신

겸허한 모국어로 나를 채우소서.

가을에는

사랑하게 하소서.

오직 한 사람을 택하게 하소서.

가장 아름다운 열매를 위하여 이 비옥肥沃한

시간을 가꾸게 하소서.

가을에는

호올로 있게 하소서.

나의 영혼,

굽이치는 바다와

백합百合의 골짜기를 지나,

마른 나뭇가지 위에 다다른 까마귀같이.

- 김현승, <가을의 기도>

고독한 시인 김현승이 가진 고고한 기품의 내면을 가장 잘 그려낸 문학 담당기자이자 평론가인 정규웅의 글을 보면, 그의 커피 사랑이 그의 문학과 일생에 어떤 의미가 있었는지 잘 나타나 있다.

김현승의 아호다형(茶兄)에는 차를 뜻하는 '다'자가 들어 있다. 김현승에게 차는 두말할 나위 없이 커피다. 김현승은 열두어 살 때부터 커피를 마시기 시작했으니 그의 커피 역사는 꼭 반세기에 이른다. 취미 삼아 혹은 습관적으로 마신 게 아니라 커피는 김현승에게 생활의 중요한 부분이었다. 40대까지만 해도 하루 몇 차례씩 서너 잔 분량의 사발에다 커피를 타서 마셨다. 1913년 평양에서 태어난 김현승은 목사였던 부친이 광주광역시에서 목회활동을 했던 까닭에 광주에서 청소년기를 보냈다. 그의 집에 기숙하던 서양 선교사들이 다량의 커피를 가져다 놓고 마실 때마다 늘 얻어 마신 게 시작이었다. 커피를 마신 역사가 그토록 오랜 만큼 김현승은 커피에 대해 남다른 자부심을 가지고 있었다. 자신은 커피에 대해서만은 '절대적 권위'라고 이야기한 적도 있다. 거의 '독재'라고 할 정도였다. 가령 그의 집에 손님이 찾아가면 으레 커피 물을 끓이기 시작한다. 손님의 취향을 물어 커피와 설탕과 크림의 양을 조절하는 게 보통이지만 그는 언제나 자기 방식대로 커피를 만들어 손님에게 대접한다. 그 커피가 입맛에 맞지 않으면 그것은 마시는 사람의 미각에 문제가 있기 때문일 뿐 자신이 만드는 커피는 가장 이상적이며 전혀 문제가 있을 수 없다는 게 그의 지론이었다. 커피와 관련해서 김현승에게는 또 하나의 특이한 습관이 있었다. 매일 아침 여름철엔 일곱 시쯤, 겨울철엔 여덟 시쯤이면 반드시 집 근처의 다방에 나가 좋아하는 종류의 커피를 마시는 습관이었다. 아무도 없는, 음악도 없는 드넓은 공간에 호올로(김현승은 '홀로'를 꼭 이렇게 썼다) 앉아 맛있는 커피를 마시며 명상에 잠기면 이때가 자신의 하루 일과 중 가장 쾌적한 시간이라는 것이다. 손님이 하나둘씩 들기 시작하면 그는 다방을 나선다. 이런 습관은 '견고한 고독'(68년) '절대 고독'(70년) 등 김현승 말년의 시에서 주조를 이루는 '고독'과 무관하지 않다. 일찍부터 고독을 동경하고 고독을 사랑했던 그는 나름대로 고독을 즐기는 방법을 하나씩 터득해 갔고, 커피는 그 중요한 수단 가운데 하나였던 것이다. 그의 시에서 유독 '가을'이 자주 등장하는 까닭도 가을이 고독을 가장 뼈저리게 느끼게 하고, 커피를 가장 맛있게 느끼게 하는 계절이라 생각했기 때문이었다.

- 정규웅, '문단 뒤안길-1970년대〈23〉김현승, 커피와 고독', <중앙SUNDAY> 123호(2009.7.19) 중에서

김현승 선생의 문하에서 시를 공부한 현재 문단의 중진원로들은 김현승 선생이 권하는 사발 커피를 어김없이 마셨다. 그리고 커피 한 잔에 스민 그의 고독한 내면과 맑고 올곧은 시 정신을 이어받았던 것이다. 먼발치에서 김현승 선생의 그림자를 밟은 나도 가을 찬바람이 부는 날 시 한 편을 완성한다.

가을에 마시는 커피는 유독 쓰다.
쓸쓸함을 혼자 감당하기 어려워
나무들은 낙엽을 떨군다.
가을에 사랑하는 이와 헤어져 본 사람들만이
호올로 마시는 커피의 암갈색 내면과 소통할 수 있다.
바람이 불어 허리가 시리게 바람이 불어
우리는 의지할 곳 없이 거리를 헤매다가

누군가의 나직한 음성에 끌려 낡은 기억의 소금창고
앞에 앉는다.
가을에 마시는 커피는 유독 쓰다.

가을에 마시는 커피.
나는 홀로 포트에 물을 끓이고
잘 갈린 커피를 내린다.

마음이 가난한 자여
그대의 영혼은 오히려 순결하리니
오늘 밤 그대 맑은 별이 되리니.

박목월과 심야의 커피

1974년 목련 꽃이 핀 한양대
교정에서의 박목월

목월 박영종(박목월의 본명)의 가을은 처연하다. 그것은 <윤사월閏四月>이나 <4월의 노래>에서 보이는 봄날의 설렘과 같은 환하고 밝은 이미지보다는, 우리들의 가슴에 깊게 스민 <이별의 노래>가 주는 아쉽고 안타까우며 눈물겨운 여운이 남아 있기 때문이다.

기러기 울어예는 하늘 구만리

바람도 싸늘 불어 가을은 깊었네

아아 아아 나도 가고 너도 가야지

한낮이 끝나면 밤이 오듯이

우리의 사랑도 저물었네

아아 아아 나도 가고 너도 가야지

산촌에 눈이 쌓인 어느 날 밤에

촛불을 밝혀두고 홀로 울리라

아아 아아 나도 가고 너도 가야지

- 박목월, <이별의 노래>

<이별의 노래>에는 마흔의 문턱에 선 박목월이, 어느 여대생과 나누었던 슬프고도 아름다운 사랑과 이별의 이야기가 담겨 있다. 두 사람은 한국동란이 끝난 1954년 가을, 제주도로 사랑의 도피를 한다. 그러나 이루어질 수 없는 사랑은 그렇게 목월의 가슴에 아픈 흔적을 남겼나 보다. 현장에 있던 양중해 시인의 글로 드러난 그들의 안타까운 이별 장면은 당시 제주 오현고등학교 음악교사로 있던 작곡가 변훈의 선율을 얻어 <이별의 노래>만큼 슬프고도 아름다운 가곡으로 탄생했다.

저 푸른 물결 외치는 거센 바다로 떠나는 배

내 영원히 잊지 못할 님 실은 저 배는 야속하리

날 바닷가에 홀 남겨 두고 기어이 가고야 마느냐

터져 나오라 애 슬픔 물결 위로 오 한 된 바다

아담한 꿈이 푸른 물에 애 끓이 사라져 나 홀로

외로운 등대와 더불어 수심 뜬 바다를 지키련다

저 수평선을 향하여 떠나가는 배 오 설운 이별

님 보내는 바다가를 넋없이 거닐면 미친 듯이

울부짖는 고동 소리 님이여 가고야 마느냐

- 양중해(작사)·변훈(작곡), <떠나가는 배>

    그래서 깊은 가을이 되면 어김없이 박목월 시인의 아름답고 슬픈 사랑의 이야기가 생각난다. <이별의 노래>와 가곡 <떠나가는 배>는 이렇듯 이루어질 수 없는 사랑의 이야기로 가을이 다 가도록 우리들의 가슴을 처연하게 만든다.

    꼭 한 번 남편이 30대 말기에 여성문제로 나는 혹독한 시련을 겪었습니다. 나는 처음부터 이것이 얼마나 중대한 문제인지 깨닫고 있었습니다. 그래서 당황하지 말고 침착하게 치러야 한다는 것을 스스로 다짐했습니다. 남편이 감정적으로 한동안 설레지만 종국에는 가정으로 돌아오리라는 것도 알고 있었습니다. 그래서 그와 정면으로 맞서지 않고 다만 하나님만 의지해서 참고 기다렸습니다. 그 후 모든 물결이 잠들고 남편이 환한 얼굴로 돌아왔을 때, 나는 새삼스 럽게 가정의 힘이라는 것을 깨달았습니다. 우리가 20년 가까운 세월 동안 그 가 가정 안에 바쳐 온 것이 결코 헛되지 않았음을 알았습니다.

- 박목월, 《밤에 쓴 인생론》 중에서

박목월 선생의 부인 유익순 여사의 술회이다. 그렇게 한 편의 드 라마는 끝났다. 다시 돌아온 가정은 가장의 무거운 책임에 등이 휠 것 같은 삶의 무게가 기다리고 있는 곳이었다. 박봉의 월급만으로 는 늘 부족한 삶. 시가 아니라 원고료로 환산되는 산문의 가치. 밤 을 밝히며 부족한 삶의 한 부분을 보태야 하는 필경筆耕. 그리고 커 피…… 목월 선생은 커피를 무척 즐기던 분이셨다. 그것도 암죽처 럼 진하게 커피를 타서 마셨다.

Ⅰ

이슥토록

글을 썼다

새벽 세 시時

시장기가 든다

연필을 깎아 낸 마른 향나무

고독한 향기,

불을 끄니

아아

높이 청靑과일 같은 달.

2

겨우 끝맺음.

넘버를 매긴다.

마흔 다섯 장의

散文흩날리는 글발

이천 원에 이백 원이 부족한

초췌한 나의 분신들.

아내는 앓고······.

지쳐 쓰러진 만년필의

너무나 엄숙한

와신臥身

3

사륵사륵

설탕이 녹는다.

그 정결한 투신投身

그 고독한 용해溶解

아아

심야深夜의 커피

암갈색 심연深淵을

혼자

마신다.

- 박목월, <심야의 커피>

<심야의 커피>는 사랑 이야기가 아니다. 팍팍하고 고된 시인의 삶을 지탱해 주는 경제적 획득을 위한 노역, 새파랗게 눈을 뜨고 집중해야 하는 고된 작업. 마치 문학노동자 발자크처럼 산문을 썼다. 그 노역의 동반자 커피, 그것도 심야의 커피를 마시며…….

미친 듯이. 소설·콩트·정치논평을 합쳐 1830~31년에만 145편을 썼소. 기상시간은 새벽 1시. 8시까지 줄곧 글을 쓰면서 커피를 마시지. 그리고 아침으로 삶은 달걀 2개, 약간의 빵, 커피를 먹지. 9시부터 다시 12시까지 글을 쓰고, 오후 1시부터 오후 6시까지는 교정 작업. 후에 목욕을 하든가 간단한 요기를 하고 7시부터 잠자리에 들었지. 하루 커피를 쉰 잔씩 마시는 암탉 같은 생활이었지. 이런 생활을 6주에서 8주씩 반복했어. 남들은 나를 두고 공장에서 찍어내듯 글을 썼다고들 하나 나는 때로 문장 하나를 100번씩 고친 적도 있고, 오자 같

은 건 참을 수 없었어. 눈이 침침해지고, 손이 뻣뻣할 때까지 쓰고 또 썼는데,

그걸 가능하게 해준 게 커피였다네.

- 박은주, '역사를 맛보다-문학노동자 발자크와 커피', <조선일보>(2010.1.27) 중에서

심야에 마시는 커피는 아주 엷고 흐린 것이 좋다.
브륌셴 카페 Blümchen Kaffee
작은 꽃 커피라 불리는 독일식 커피
찻잔 바닥에 박힌 장미거나,
물망초, 콘플라워, 비올라 같은
작은 꽃무늬가 비칠 정도로

커피를 마시는 것이 아니라
찻잔 속 꽃들을
바라보는 것만으로도 만족스러운
끽다喫茶.

그것은 홀로 마시는 것이 옳다.
심야에 마시는 커피는 아주 엷고 흐린 것이 좋다.
하지만 오늘은
새벽 세 시. 고된 논문 교신을 끝내고
홀로 커피를 끓인다.
커피 셋에 프림 둘. 설탕 둘.
암죽처럼 진한 목월풍木月風으로.

Art Recipe

워밍업

자명종 시계를 새벽 3시에 맞추어 놓는다. 순수한 물로 카페인을 제거한 커피(Water Decaffeine Coffee)를 준비한다.(커피를 마셔도 잠을 잘 자는 사람들은 그냥 커피를 준비한다. 여기서 커피란 그래뉼 커피나 냉동건조커피를 말한다.) 밤 새워 무슨 일을 하든가 아니면 평소처럼 잠에 든다. 새벽 3시 자명종 소리에 깨어난다.

아트레시피

1. 커피포트에 물을 끓이고 커피 세 스푼, 설탕 두 스푼, 프림 두 스푼을 넣은 잔에 뜨거운 물을 붓는다.

2. 커피 잔 속의 암갈색 심연을 한동안 바라본다.

3. 커피를 마시며 박목월의 시 한 편을 외워본다.

흐릿한 봄밤을

문득 맺은 인연의 달무리를

타고. 먼 나라에서 나들이 온

눈물의 훼어리.

(손아귀에 쏙 드는 히얗고 가벼운 손)

그도 나를 사랑했다.

옛날에. 흔들리는 나리꽃 한 송이……

긴 목에 울음을 머금고 웃는

눈매. 그 이름

눈물의 훼어리……

사람 세상의

속절없는 그 바람을

무지개 식아지듯

눈물 젖은 내 볼 위에서

승천(昇天)한 그 이름

눈물의 눈물의 훼어리.

사랑하느냐고

지금도 눈물 어린

눈이 바람에 휩쓸린다.

연한 잎새가 퍼 나는 그 편으로 일어오는

그 이름, 눈물의 훼어리

때로는

문득 내 밤 기도 귀절 속에서

그대로 주르르 넘치는

그 이름

눈물의 훼어리.

이제 내 눈은

하얗게 말랐다.

사랑이라는 말의 뜻이 달라졌으므로.

하늘 속에 열린 하늘에

고개 지우고 사는

아아 그 이름

눈물의 훼어리.

박목월, <눈물의 훼어리(Fairy)>

열다섯 잔

터키의 커피
- 투르크 카흐베Turk Kahve

터키의 커피포트 체즈베

최근 나는 오랜 친구 이희수 교수로부터 한 봉지의 터키 커피와 구리로 만든 체즈베라는 국자 모양의 커피 끓이는 용기를 선물로 받았다. 아마도 진한 터키 커피를 한번 즐겨보라는 깊은 의미가 담긴 선물일 것이다.

터키에서는 커피를 '카흐베Kahve'라고 부른다. 터키 커피는 그들이 자신을 부르는 투르크라는 국가명칭에 붙여, 투르크 카흐베Turk Kahve라고 한다. 체즈베Cezve라는 구리로 만든 용기에 커피가루와 설탕을 함께 넣어서 끓인다.

찬물이 담긴 커피포트에 커피와 설탕을 넣어 잘 저은 뒤, 불은 중간 정도로 놓고 커피 물이 끓으려고 하면 바로 불을 끄고 잠시 기다려 커피가 식으면 다시 체즈베를 불 위에 올려놓는 과정을 2~3번을 반복하며 거품이 가득 부풀게 하여, 잔에 가루 반 거품

반 형태의 커피로 만들어 마신다. 아프리카에서 예멘을 거쳐 터키로 전해진 오래된 커피추출 방법이다. 사람에 따라서는 여기에 우유를 섞어 끓이기도 하고 물을 먼저 끓인 후 커피를 넣기도 한다.

이 독특한 커피는 불꽃 같은 여자 전혜린이 독일 뮌헨의 슈바빙에서 몇 잔을 마시고 밤새 한숨도 못 잤던 깊은 추억을 남긴 그 커피이다. 밀가루처럼 미세하게 갈려진 커피가루extra fine ground와 잔에 담긴 커피알갱이가 혀끝에 남는 독특한 맛의 커피를 마시고 난 뒤, 터키에서는 잔에 남은 커피 찌꺼기로 점을 보기도 한다. 잔에 남은 침전물을 뒤집어 잔을 식히면 남아 있던 커피 찌꺼기들이 흘러내리며 굳은 형태를 보이는데, 점쟁이는 그 형상이 '길' 모양으로 보이면 '여행'을, '여우, 뱀, 전갈' 모양으로 보이면 '원수를 만나게 되거나 불행한 일을 당하게 된다'는 불길한 징조를 읽어내고, '말, 사슴'과 같은 형상이 그려지면 '사업의 성공, 좋은 소식이 온다'는 것으로, '새'가 나타나면 '기다리던 일이 해결되며, 친구로부터 좋은 소식이 온다'는 것으로 해석한다. 우리가 마치 화투점을 치며 2월의 매조梅鳥를 기쁜 소식으로 11월 똥은 돈으로 해석하는 것과 비슷하다.

터키와 우리나라는 흔히 형제의 나라라고 한다. 그 오랜 신의의 역사는 고구려가 멸망한 뒤 현재 몽골 울란바타르 지역인 돌궐突厥로 망명한 고구려 유민들의 역사와 함께 시작되는 것이니, 천 년이 넘는 신의가 바탕에 깔려 있다. 6·25전쟁에 참전한 터키의 의리와 터키 대지진 때의 신속한 구조대 파견과 이희수 교수가 주축이 된 국민성금 전달은 정치적 의미를 넘어 그 자체만으로도 두 국가 간의 남다른 우애와 정을 느끼게 한다. 그리고 우리들에게 가장 깊이 남아 있는 장면은 2002년 월드컵 3~4위전 경기에서 승부를 초월한 두 나라 간의 축제 모습일 것이다.

내가 이희수 교수에게서 선물로 받은 것은 그뿐이 아니었다. 커피의 역사와 문화가 담긴 사진과 글 한 편을 덤으로 받았다. 월간 《삶과 꿈》(2009년 6월호)에도 실린 이희수 교수의 커피 이야기 속으로 함께 들어가 보자.

명상과 대화의 동반자, 아랍 커피 – 예멘, 모카, 아라비카, 이스탄불

(1) 커피 마시기의 시작

커피만큼 인류의 삶에 윤활유를 주고 차분하고 기분 좋은 물질인 세로토닌을 분비해주는 음료도 없을 듯하다. 이 '커피'라는 단어가 아랍어이고, 인류가 최초로 커피를 기호음료로 마시기 시작한 곳도, 커피가 대중화되어 산업으로 확산된 곳도 따지고 보면 중동 아랍이다. 그럼에도 커피야말로 가장 서구적인 문화의 한 부분으로 우리 뇌리 속에 강하게 남아 있다. 커피의 원산지는 에티오피아의 카파Kaffa 지방이다. 한 목동이 '염소 떼들이 커피 열매를 먹고 흥분해서 껑충껑충 뛰는 것을 보고 신기해서 처음 먹어보았다'는 이야기에서 시작된다. 물론 확인할 길은 없다. 동부 아프리카의 뾰족한 곳을 따라 좁은 홍해를 건너면 바로 모카 지방이다. 커피의 대명사 모카는 아라비아 남부 예멘에 있는 지방이다. 모카는 커피의 본향이자 집산지인 셈이다. 예멘 지방의 모카커피는 15세기경부터 이슬람 성직자들에게 큰 인기를 끌었다. 밤새 명상과 기도를 할 때, 커피는 잠을 쫓아주고 집중력을 키우는 최상의 음료였음이 분명하다. 커피의 효능이 알려지면서 소문을 타고 이슬람 세계로 계속 전파되었다. 1511년에는 이슬람 성지 메카에서도 커피를 마셨다는 기록이 보인다. 그 뒤 예멘이 오스만 터키의 지배를 받으며 모카커피가 진상품으로 세계 최대 도시 이스탄불로 보내졌다. 밤의 문화가 화려하게 꽃피었던 이스탄불 궁정에서 커피는 최고의 인기 음료였고, 값비싼 특권층의 음료이기도 했다. 그리하여 1554년 세계 최초의 카페인 차이하네가 이스탄불에 문을 열었다. 곧 이어 이스탄불에는 600개가 넘는 카페가 생겼다. 화려한 카페 문화가 꽃을 피우게 된 것이다. 이스탄불 궁정에서 거의 매일 밤 파티를 즐겨야 했던 유럽 외교관들도 점차 광신적인 커피 중독자가 되어 갔다. 임기를 마치고 유럽으로 돌아갈 때쯤이면 이미 커피 없이는 살아갈 수 없는 상태가 되곤 했다. 그들은 오스만 당국의 커피 유출금지에도 불구하고 외교행랑을 이용해 원두를 자국으로 빼돌렸다. 이것이 유럽에서 커피를 마시게 된 배경이다. 유럽 최초의 커피하우스가 오스만 제국의 비엔나 공격 이후 아르메니아 상인에 의해 비엔나에 문을 열게 된다. 곧이어 커피는 전 유럽을 강타했다. 1652년에는 영국 런던에 파스카 로제 커피하우스가 문을 열었다. 1683년경에는 런던에 3천 개의 커피하우스가 생겨났다. 이탈리아 최초의 카페 플로리안이 성 마르코 광장에 문을 연 것은 1683년이었다. 플로리안 카페에 이어 베네치아에만 200개가 넘는 카페가 생겨났다. 유럽 카페의 명소인 플로리안에는 명사들의 발길이 멈추지 않았다. 나폴레옹, 괴테와 니체, 프랑스 작가 스탕달과 영국 시인 바이런, 릴케와 찰스 디킨스, 화가인 모네와 마네 등이 플로리안 카페의 단골이었다.

(2) 악마의 음료

그러나 커피가 순조롭게 유럽 사회에 안착한 것은 아니었다. 격렬한 종교 논쟁

500년 역사를 가진 그랜드 바자르의 노천 카페-이스탄불

과 많은 사람의 목숨을 앗아가는 고통과 시련의 과정을 겪어야 했다. 처음 중세 가톨릭교회는 시커먼 커피를 이교도의 불경스러운 음료, 심지어 악마의 음료로 간주했다. 그러다가 커피 애호가인 교황 클레멘스 8세에 의해 커피 음용이 허락되었다. 커피에 세례를 준 셈이다. 이때부터 커피 문화는 유럽 전역을 휩쓸었다. 그러나 커피 생산과 유통을 장악하고 있던 오스만 터키의 무역 독점으로 그 값은 계속 상승했다. 유럽은 새로운 시장을 찾았고, 아랍과 기후가 비슷한 그들의 식민지였던 남미와 인도네시아에서 대규모 커피 플랜테이션을 시작했다. 이리하여 남미의 브라질, 콜롬비아, 베네수엘라에서는 원두가, 인도네시아에서는 자바 커피가 생산되었다. 다양한 커피 애호가들의 취향에 따라 블렌딩 기술도 발달하였다. 오히려 커피 원산지인 모카커피가 밀리는 상황이 되었다. 이제 모카는 서서히 잊히고 에스프레소로 만든 터키 커피로 더 잘 알려지게 된 것이다.

다양한 커피 잔과 터키 커피 조리기구들

터키 우르파에 위치한 시장 안 길거리 카페

(3) 아랍의 정서, 커피하우스

터키에서 커피 문화는 삶 그 자체이고 예술이다. 새 신부의 가장 중요한 가치도 좋은 원두를 골라 향과 맛이 살아 있는 커피를 잘 끓이는 것이었다. 작은 구리잔에 원두가루를 넣고 찬물을 부은 다음 약한 불에 커피를 끓인다. 거품이 일어 커피포트 위로 살짝 넘치려는 순간 불에서 멀리하여 커피 향이 새나가지 않도록 하는 것이 비법이다. 가히 예술적이다. 커피를 다 마신 다음에는 커피점을 친다. 원두가루가 가라앉은 커피 잔을 거꾸로 엎어 검지를 얹어 소원을 빈 다음 커피가루가 흘러내린 방향이나 모양을 보고 길흉을 점치는 것이다. 지금 터키나 아랍의 어디를 가도 길거리 카페가 있다. 사람들은 하릴없이 모여 앉아 하루 종일 주사위 놀이를 하거나 담소를 하며 카페를 지키고 있다. 여자는 보이지 않는다. 그러나 서글프게도 이제 모카 에스프레소는 점차 사라지고, 값비싼 인스턴트커피가 판을 치고 있다. 사람들의 입맛도 바뀌었다. 그들은 유럽식 커피를 무조건 '네스카페'라 부른다. 이 상표가 제일 먼저 진출하여 입맛을 바꿔버렸기 때문이다. 불행히도 네스카페는 근대화와 엘리트 계층의 브랜드가 된 반면, 터키 커피는 이슬람과 보수 계층의 상징으로 굳어져 간다. 그렇지만 모카의 아라비카 커피 향은 오랫동안 아랍인의 깊은 정서로 살아 숨 쉬게 될 것이다.

돌궐족의 조상은 쇠를 잘 다루는 철공장이다.
알타이 산에서 철광석을 캐서 제련하고
쇠를 두드려 칼을 만들었다.

말발굽 소리가 아득히 들리는 터키사의 갈피마다
바람의 흔적이 역력했다.

어느 궁핍한 시절 뼈를 깎으며
원고를 썼을 오랜 친구 이희수의 터키사에 밑줄을 치며
나는 깊은 밤 홀로 진한 터키 커피를 끓여 마신다.

(아 내 유랑의 절반이 그 하늘, 역사의 언저리였구나!)

쿠차 쿠치 호텔의 1인용 침대 위거나
석양이 비끼는 야르칸트의
백양나무 가로수 밑이거나
울란바타르에서 테를지로 가는 길의
청명한 하늘과 구름이거나……

터키인 커피 - 투르크 카흐베(Turk Kahve)

문득 푸른 이리 고기를 뜯으며
생존한 흉노의 하늘이 보인다.
책갈피마다에선 선연한 칼바람이 불고 있었다.

아, 그리운 실크로드.
그 길의 끝에 오면 여정에 지친 카라반을 위한 커피가
있다.
나는 오늘 먼 길을 홀로 걸으며,
길 끝의 어느 도시 허름한 길거리 커피점
작은 나무 의자에 앉아 있게 될 것이다.
오랜 여정을 끝내고 한 잔의 진한 커피를 마시게 될 것
이다.

★ 터키 커피 맛있게 만들기 ★

① 긴 손잡이가 있는 터키시(Turkish) 커피포트를 준비한다.

② 약 반 컵 분량의 물과 밀가루처럼 곱게 분쇄한 커피 두 티 스푼을 넣는다.

③ 적당량의 설탕을 넣는다.

④ 포트를 불에 올려 끓이기 시작한다.

   불은 많이 퍼지지 않는 좁고 작은 불이 좋다.

⑤ 커피가 끓어 품을 형성하면 나무스틱으로 잘 저어 주고 넘칠 만하면 불에서 내려 놓는다.

⑥ 넘칠 만하면 내려놓고 저어주는 동작을 3번 반복한 다음, 잔에 따라 서빙을 한다.

이 방법은 지역에 따라 조금씩 다른데 이스탄불식은 처음에 불에서 내렸을 때 조금 따라 주고 나머지를 다시 한 번 더 불에 올렸다 다시 따라 주는 방법이다. 그리고 그리스식은 앞의 설명과 같이 세 번을 반복한 다음 따라 마시고 레바논에서는 더 진하게 오래 볶은 원두를 사용한다. 이집트에서는 커피와 함께 커다멈(Cardamon: 생강과 식물 향신료)씨를 넣고 끓인다. 최근 많이 쓰이는 방식은 설탕을 먼저 넣고 물을 끓인 다음 커피를 넣고 설명과 같이 끓이는 방법이다. 이때 계피를 좀 첨가하면 계피향을 내는 터키시 커피(Turkish Coffee)를 즐길 수 있다.

- 권장하, 《바리스타의 길》 중에서

Art Recipe

☕ 워밍업

커피전문점에서 미세하게 커피를 갈아온다.

☕ 아트레시피

1. 매우 곱게 분쇄한 커피, 설탕 그리고 물을 순서대로 손잡이가 달린 작은 황동 주전자에 붓고 커피 2티스푼, 설탕 1티스푼을 넣은 뒤 끓인다.

2. 커피액이 끓게 되면 주전자를 불에서 내리고 다시 끓으면 내리기를 세 번 거친 후, 잔에 커피를 담아낸다. 다 마시고 나면 커피를 마신 잔을 잔 받침에 뒤집어 찌꺼기가 흘러내린 모양을 살핀다

3. COFFEE DRAMATIST(http://coffeedramatist.wordpress.com)에 접속한 뒤, 검색창에 'Symbols for Tasseography'를 입력하여 해당 페이지에 들어가면 사진과 함께 커피 찌꺼기 모양에 숨겨진 다양한 풀이를 알 수 있다.

사과: 지식, 성취

양: 적을 조심하라

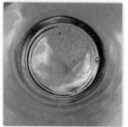

보석: DNA, 진주, 다이아몬드, 선물

열여섯 잔

더치 블랙 캔 커피 한 통을
까 놓고 듣는 바흐의 칸타타

Johann Sebastian Bach 1685. 3. 21~1750. 7. 28

바흐, 그는 누구인가

음악의 아버지 바흐Johann Sebastian Bach: 1685~1750는 독일 작곡가로, 동시대인들 사이에서는 뛰어난 하프시코드 연주자이면서 오르간의 연주자이고 제작자였다. <브란덴부르크 협주곡>, <B단조 미사>, <평균율 클라비어 곡집> 등 많은 종교음악과 기악곡을 남겼지만 그의 음악은 사후 50여 년 동안 사람들의 기억 속에 묻힌 채 빛을 보지 못했다. 하이든과 모차르트 시대에 그는 관심의 대상이 아니었으며, 특히 작품의 절반가량이 교회 칸타타인 그의 작품은 사람들의 주목을 끌지 못했기 때문이다. 그러나 1800년 이후 바흐 음악은 비로소 재평가를 받게 된다.

독일의 저술가 요한 니콜라우스 포르켈은 《바흐의 생애·예술·작품에 대하여》를 출판하며 바흐를 재평가하기 시작했다. 연이어 1801년부터 바흐의 작품을 모아 출판하기 시작했던 출판업자 호프마이스터와 퀴넬의 조언자로 활동했고, 1829년경에는 대표적인 건반음악 선집과 극소수이기는 하지만 성악곡도 출판하게 된다. 바흐의 재발견. 이는 에두아르트 데프린트와 독일의 작곡가 펠릭스 멘델스존이 <마태 수난곡> 100주년 음악회를 가짐으로써 본격적으로 불이 붙는다. 이 결과들이 집약되어 로베르트 슈만의 격려로, 바흐 서거 100주년이 되는 해인 1850년에 바흐 전집 출판을 목적으로 하는 바흐 협회Bach-Gesellschaft가 발족되었다. 그리하여 음악의 아버지라는 영광스러운 명칭이 그의 이름 앞에 붙게 된 것이다. 그리고 바흐의 감성과 음악적 호소력은 우리나라 시인들에게도 영감을 주어 아름다운 시를 탄생케 했다.

안경알을 닦으며 바흐를 듣는다.
나무들의 귀가 겨울 쪽으로 굽어 있다.
우리들의 슬픔이 닿지 않는 곳
하늘의 빈터에서 눈이 내린다.
눈은 내리어 죽은 가지마다
촛불을 달고 있다.
성聖 마태 수난곡의 일악구一樂句.
만리 밖에서 종소리가 일어선다.
나무들의 귀가 가라앉는다.
금세기今世紀의 평화처럼 눈은 내려서
나무들의 귀를 적시고
이웃집 그대의 쉰 목소리도 적신다.
불빛 사이로
단화음이 잠들고
누군가 죽어서
지하 층계를 내려가고 있다.

- 김성춘, <바흐를 들으며>

시인 김성춘은 바흐의 음악을 들으며 겸허한 모국어로 아름다운 시를 남겼다. 바흐라 하면 누구나 이렇듯 성스럽게 침잠한다. 그런데 그런 바흐의 작품 중 대단히 독특한 작품이 있다.

바흐 시대의 독일 커피하우스와 <커피 칸타타>

1732년경 라이프치히에서 작곡한 <커피 칸타타>라 불리는 작품이 그것이다. 소위 세속적 칸타타라고 부르는 이 작품은 프리드리헨리가 쓴 극시를 바탕으로 하고 있는데, 라이프치히에 소재한 짐머만Zimmermann 커피하우스에서 처음 연주되었다고 한다. 커피 마니아였던 바흐의 취향뿐 아니라, 당시 독일의 커피 광풍 현장은 커피 공화국이 되어버린 요즘 우리나라와 비슷한 풍경을 엿볼 수 있다.

1745~1755년경 토마스 패치가 그린
이탈리안 커피하우스의 내부 전경

커피가 최초로 독일에 들어온 것은 1670년대로 그 후 함부르크를 시초로 계속해서 커피하우스가 생겨났다. 18세기 후반에는 커피의 맛과 향이 가정에까지 스며들어 부유층과 젊은이들을 매료시키기에 충분했고, 요한 세바스찬 바흐는 커피를 즐겨 마셨다. 그러나 유럽에 커피가 유입되어 런던, 파리, 비엔나 등에서 커피가 대중화된 지 십여 년이 지난 뒤에도 독일인들에게 커피는 그리 매혹적인 음료가 되지 못했다. 이것은 독일인의 대표적인 음료인 맥주가 한 요인이었다. 이들은 맥주를 알코올음료로 음용하기도 했고, 식사대용인 수프로 먹기도 했다. 혹은 설탕과 우유를 섞어 마시는 등 맥주는 기호식품이라기보다 가정생활의 필수품이었다. (……) 민족주의와 검소한 생활이 일반화된 독일에서는 커피가 정착하는 데는 오랜 시간이 요구되었다. 비록 제한적이기는 하지만 18세기 커피가 왕궁과 공작의 저택을 중심으로 상류층인 부르주아 계급과 젊은 여성들에게 알려지게 된다. 한편으로 외부 세계와 교류가 활발했던 라이프치히는 국제교역장으로 상업과 인쇄술이 발달하였으며, 많은 교역품이 모이는 상업의 중심지였다. 매년 국제 박람회를 개최해 외국 상인들이 수시로 내왕했다. 이러한 영향으로 커피의 음용이 다른 지역에 비해 활발해져 커피하우스가 번창하게 된다. 커피하우스에서는 소규모의 음악회가 자주 열렸고, 젊은 여성들은 커피를 좋아해 하루 종일 커피를 마신 탓으로 부모에게 꾸지람을 듣기도 했다. 이런 세태를 풍자한 요한 세바스찬 바흐의 〈커피 칸타타〉는 아버지 올드 웨이즈와 딸 리스헨의 커피음용에 대한 분쟁을 다룬 곡이다.

- 이창숙, 〈신비의 음료⑥ 여성의 음료〉, 《현대 불교 뉴스》(2006. 9. 4) 중에서

음악의 아버지, 요한 세바스찬 바흐   1732년경 바흐가 작곡한 <커피 칸타타>의 악보

<커피 칸타타>는 별칭이다. 원제는 <Schweigt stille, plaudert nicht 쉿! 입 다물고 조용히>인데, 준엄한 교회음악이 아니라는 뜻에서 세속 칸타타로 분류된다. 짧은 오페라라고 할까? 그리 길지 않은 작품이니 전편을 살펴보도록 하자.

J.S. Bach: Secular Cantata No. 211(Kaffee kantate) BWV. 211

<Schweigt stille, plaudert nicht(쉿! 입 다물고 조용히)>

등장인물: Tenor(내레이터), Bass(아빠), Soprano(딸)

1. Recitativo (Tenor: 내레이터)

쉿! 입 다물고 조용히, 지금 무슨 일이 일어나고 있는지 귀 기울여 보세요.

저기 슈렌드리안 씨가 딸 리셴과 함께 오고 있군요.

슈렌드리안 씨가 곰처럼 으르렁대고 있네요.

도대체 딸 리셴이 무슨 일을 저질렀기에 그러는지 한번 들어 봅시다!

2. Aria (Bass: 아빠)

다 내 탓이야. 자식 낳은 죄라고. 업보야. 업보.

허구한 날 딸아이에게 하소연하건만,

저 녀석은 마이동풍이야. 내 말은 들은 척도 안 한다고!

3. Recitativo (Bass&Soprano: 아빠&딸)

아빠　이 몹쓸 녀석 같으니.

　　　아, 애비 소원 좀 들어주면 얼마나 좋을까.

　　　커피 좀 그만 마시라는 내 소원을.

딸　　아빠, 제발 저를 힘들게 하지 마세요!

　　　난 하루에 커피를 세 잔 이상 못 마시면 쪼그라들고 말 거예요.

　　　마치 너무 구워진 염소고기처럼 말이에요.

4. Aria (Soprano: 딸)

아, 커피 맛은 정말 기가 막히지.

수천 번의 입맞춤보다 더욱 달콤하고,

Muskaten 와인보다도 더 부드럽지.

커피, 난 커피가 좋아. 커피가 좋아.

누가 나에게 한 턱 내시려거든,

아, 내 잔 가득 커피를 채워주면 그뿐!

5. Recitativo (Bass&Soprano: 아빠&딸)

아빠　네가 정 커피를 끊지 않겠다면,

　　　　결혼식 피로연에도 안 데려갈 것이며

　　　　마을에 놀러 내려가는 것도 금지야.

딸　　좋아요, 좋아! 그러나 커피는 마시게 해주세요.

아빠　저기, 조그만 원숭이 보이지? 그걸 네게 사주마.

　　　　그리고 덤으로 테가 안 달린 예쁜 페티코트도 선물해 주지.

딸　　별로예요. 그런 건 관심 없어요.

아빠　그렇다면 널 방안에 가두겠어.

　　　　넌 창문으로 거리를 걷는 사람들밖에 구경할 수 없게 될 거야.

딸　　그러세요. 그러나 커피만큼은 계속 마실 수 있게 허락해 주세요.

아빠　그뿐만이 아니라, 네가 결혼하는 날 신부 면사포에

　　　　은줄이나 금줄도 달아주지 않을 것이야!

딸　　네! 네! 그러세요. 그러나 제가 좋아하는 것만 그냥 하게

　　　　내버려 두세요. 제발!

아빠 아, 이 철부지야. 내 딸 리센. 커피만 끊는다면,

네가 원하는 모든 것을 다 해준다니까.

6. Aria (Bass: 아빠)

고집 센 처녀 아이를 설득하기란 만만치 않군. 하지만 가려운 데를 찾아 긁어

준다면!

7. Recitativo (Bass&Soprano: 아빠&딸)

아빠 자, 한 번 더 이야기 하는데 아빠의 소원 좀 들어주겠니?

딸   커피를 마시지 말라는 말씀만 아니라면 뭐든지요.

아빠 그래? 그렇다면, 넌 이제 시집은 다 갔어.

딸   아, 아빠. 그럼 제가 노처녀로 늙어가는 걸 보고만 계시겠다는

말씀이신가요?

아빠 그럼! 이제 결심했어. 넌 절대 시집 못 가!

딸   제가 커피를 포기할 때까지란 말이죠?

음, 좋아요. 저도 결심했어요. 지금부터 커피를 단 한 방울도

마시지 않겠어요.

아빠 그럼, 그래야지. 좋다. 내 당장 사윗감을 골라보지!

8. Aria (Soprano: 딸)

아, 사랑하는 아빠. 그렇게 해주세요.

아, 남자. 정말 용맹한 남자가 나타날 거야!

이제 커피 대신 씩씩한 내 님과 잠자리를 같이 할 수 있게 되는 거야.

9. Recitativo (Tenor: 내레이터)

이제 늙은 슈렌드리안 씨는 동네에 나가서

사랑하는 딸 리셴의 사윗감을 물색하기 시작합니다.

그런데 리셴은 아빠 몰래 광고를 내지요.

자기에게 청혼하려는 신랑감은

언제고 마음대로 커피를 마셔도 된다는 것을

약속해줘야 한다는 조건을 붙였답니다.

10. Chorus (Terzetto: Soprano&Tenor&Bass: 내레이터&아빠&딸 모두 함께)

고양이가 어찌 쥐 사냥을 포기할 수 있으리.

처녀들은 커피 앞에선 뻑 간다네.

그의 엄마도 커피 끓이는 즐거움을 누렸었고,

그의 할머니도 커피를 즐겼는데,

누가 어찌 커피를 좋아하는 딸을 탓할 수 있으리오?

바흐는 1729년부터 1742년까지 대학생 연주단체인 콜레기움 무지쿰Collegium Musicum의 지휘를 맡아 이 악단을 위해 많은 세속 칸타타와 클라비어 협주곡을 작곡했다. 그리고 매주 금요일 짐머만 커피하우스를 공연장처럼 사용했다. <커피 칸타타>에는 당시 독일 사람들의 광적인 커피 사랑이 과장되게, 그리고 아주 코믹하게 그려져 있다. 경건한 교회음악의 대가이자 음악의 아버지인 바흐가 이런 작품을 썼으리라고 누가 상상이나 하겠는가?

네이밍Naming – 모든 상표요소Trademark Elements 중 가장 핵심

최근 나는 더치커피Dutch Coffee 맛에 흠뻑 빠져 있다. 그런데 문제는 더치커피 추출방법이 여간 까다로운 것이 아니란 점이다. 더치커피는 뜨거운 물로 우려내는 기존 커피들과는 달리 찬물로 오랜 시간을 들여서 우려내는 커피인데 한 방울, 두 방울 천천히 떨어져 내리는 모습 때문에, '커피의 눈물'이란 애칭을 가지고 있다. 네덜란드인이 인도네시아를 식민지화했을 때, 원주민들이 차를 우려먹는 방법에서 착안된 커피 추출법이라는데 추출기구는 일본인이 개발한 것이라고 한다. 화학 실험실의 실험도구 같은 추출기에 보통 12시간 이상 상온 물을 이용하여 한 방울씩 커피를 내린다. 복잡한 커피 추출기구도 문제지만, 참으로 끈질기게 기다려야 하기에 인내심이 없이는 마시기 어려운 커피이다. 그런데 아주 간단하게 이 고민을 해결했으니, 바로 편의점에서 더치 블랙 캔 커피 한 통을 사는 것이다. 참 쉽다. 그렇게 인내심을 극복할 수 있다는 것은 행운이었다. 그 커피의 브랜드 네이밍이 '칸타타', 다름 아닌 바흐의 <커피 칸타타>를 패러디한 것이다.

더치커피 추출기구

더치커피 추출기구에서 뽑아낸
다양한 커피 종류

롯데칠성음료에서 나온
'칸타타 원두커피 더치 블랙' 캔 커피

나는 오늘 세속적으로 커피 한 잔을 마신다.
가까운 편의점에서 산 더치 블랙 캔 커피 한 통을 까 놓고
바흐를 듣는다.
나무들의 귀는 여전히 겨울로 기울어 있고
편리하게 간단하게 너무나 쉽게 들리는 마태의 수난곡
오늘 나는 세속적이다. 성춘이 형에게 전화를 걸어
그곳의 겨울나무들의 귀기울임을 확인해야 겠다.
저녁노을이 지고 있다.
너무 진지하지 않게
그리고 또한 경건하지 않게 살기로 결심한 날의 커피는
단순하고 간단하고 명쾌했다.
죽은 뒤 50년 후에
저작권 유효기간이 끝난 뒤에 되살아난 바흐처럼
나는 그렇게 살기로 결정했다.
더치 블랙 캔 커피 한 통을 까 놓고……;

Art Recipe

☕ 워밍업

슈니첼(Schnitzel)이라는 얇게 썬 고기로 만든 독일풍 커틀릿이나, 돼지 정강이고기 구이인 슈바이네 학세(Schweine Haxe), 돼지고기 로스트인 슈바이네브라텐(Schweinebraten), 마리니르터 헤링(Marinierter Hering)이나 더치 헤링(Dutch Herring) 같은 청어 절임, 고다 치즈 등을 잔뜩 먹는다.

☕ 아트레시피

1. 더치 블랙 캔 커피 한 통을 사서 딴다.

2. 바흐의 <커피 칸타타>를 튼다.

3. 조우성 시인의 시 한 편을 낮게 소리내어 읽는다.

커피는
과거보다 새까맣다
새까맣다 못해
흑갈색이다
그러나
설탕은 미래보다 하얗다
하얗다 못해
시푸르다.

나는 한 잔의 커피에
두 숟갈의
설탕을 넣는다.
이렇지 않고는
모든 게 흐트러진다.

그러므로 블랙커피를 마시려면
혀의 위선이 필요하다.
때에 따라서 또
블랙커피도 필요하다.

이제 나는 그것을 안다.
알고 있지만, 나는
한 잔의 커피에는
어쩔 수 없이 두 숟갈의
설탕을 넣는다.
사람은 그렇게 산다.
그렇게 산다고
믿고 있다.

조우성, <한 잔의 커피>

나는 오늘 세속적으로 커피
한 잔을 마신다.
가까운 편의점에서 산
더치 블랙 캔 커피 한 통을 까 놓고
바흐를 듣는다.

커피, 치명적인 검은 유혹

열일곱 잔

천사의 커피

베토벤은 커피를 만들 때 60알의 커피콩을 일일이 센 뒤 그것을 갈아 커피를 끓였다고 한다. 왜 60알이었을까. 60진법을 작곡 원리로 사용했던 것일까?

한 시간이 60분. 원은 360도. 혹시 환력還曆 즉 환갑이란 나이가 생각난 것은 아니었을까? 60알의 커피콩을 갈면 어떤 맛의 커피가 나올까?

중기 교향곡들을 구상했던 하일리겐슈타트 산책로를 거닐고 있는 베토벤

악성樂聖 베토벤의 커피 취향을 생각하다가 문득 '천사들은 어떤 커피를 좋아할까?'라는 데까지 생각이 미쳤다. 굳이 한글로 번역하자면 '내 안의 천사'라는 이름의 엔젤리너스Angel-in-us 커피전문점에서였다.

그 의문의 천사를 만난 것은 한 편의 영화였는데, 바로 빔 벤더스 감독의 〈베를린 천사의 시詩〉가 그것이다. 이 영화는 구변극*이라는 새로운 장르를 개척한 희곡 《관객모독》과 독특한 제목이 눈에 띄는 장편소설 《페널티킥 앞에 선 골키퍼의 불안》을 쓴 작가 페터 한트케가 시나리오를 맡은 작품으로, 대략의 줄거리는 이러하다.

주인공 두 명의 천사 중 하나인 다미엘은 자기 직분을 스스로 포기하고 하늘에서가 아닌 인간의 눈높이에서 세상을 바라보고자, 태어나지 않은 자들의 망루에서 뛰어내린다. 천사 다미엘은 평범한 인간이 되어 목욕을 하고 터키인 이발사에게서 면도를 하고 손가락 끝까지 마사지를 받기도 한다. 그러다 한 여인을 사랑하여 그녀와 첫날밤을 보낸 뒤, 다른 천사들은 절대로 느낄 수 없는 것을 자기 혼자만 알게 되었음에 즐거워한다.

나는 더 이상 이 위에서 영원히 떠다니고 싶지 않아.

나는 나의 무게를 감지하고 싶어.

그 무게가 나의 무한성을 걷어내어 주고,

나를 땅에 단단히 고정시켜 주겠지.

---

* 구변극: 1960년대 페터 한트케를 중심으로 만들어진 실험적인 연극형식. 장이 없는 극으로서 말의 형태로 세상을 표현한다.

나는 걸을 때마다, 바람이 스칠 때마다
'지금 이 순간'을 느끼고 싶어.

그러면 '지금 이 순간'과 '지금 이 순간'을 매번 말할 수 있겠지.
늘 그랬듯 '오래전부터'나 '영원히'를 말하는 것이 아니고 말이야.

걸을 때면 관절들이 함께 걷는 것을 감지하고 싶어.
항상 모든 것을 아는 대신, 그저 예감하고 싶어.

- 영화 <베를린 천사의 시> 중에서

위의 글은 영화 <베를린 천사의 시>에서 천사 다미엘이 동료 천사 카시엘에게 이야기하는 장면의 일부이다. 천사 다미엘이 지상에 내려와 인간이 된 순간, 그는 길거리의 한 카페에서 커피를 주문하고 선 채로 따뜻한 커피를 마신다. 바로 '천사의 커피'이다.

그는 걸을 때마다, 바람이 스칠 때마다, 지금 이 순간을 느끼고 싶어 했다. 인간으로서 첫 번째 느낀 커피의 맛. 그 커피 맛은 어떠했을까? 베토벤이 마신 커피콩 60알로 뽑아낸 커피 맛과 같지는 않았을까?

'내 안의 천사'라는 커피전문점에 들어설 때면 나는 베토벤 커피, 60알의 커피콩과 천사 다미엘의 독백을 듣곤 한다. 나는 지금 다미엘이 마신 길거리 카페의 테이크아웃 종이컵에 담긴 가장 세속적이며 저렴한 커피 속에서, 청력을 상실하여 들리지 않는 귀로 악상을 떠올리는 베토벤을 생각한다. 마치 나폴레옹처럼 뒷짐을 진 채 산책로를 걷고 있는 베토벤마냥, 세상일에 귀를 닫고 60알의 커피콩을 세면서 빈속에 커피를 마시는 푸르른 각성의 날 선 거리를 바라본다. 과연 내 곁에 천사는 있는 것일까?

<베를린 천사의 시>의 시나리오를 쓴 페터 한트케

영화<베를린 천사의 시>의 한 장면.
천사 다미엘이 처음으로 선택한 인간의 음료는 바로 커피였다.

베를린의 카이저 빌헬름 전쟁기념교회 탑 꼭대기에서
내려다보면 인간들이 사는 도시가 보여.

두 명의 중년 남자가 천사임은 분명해.
나는 지금 몽블랑 만년필로 써 내려가는
페터 한트케의 시로
시작되는 캄캄한 흑백영화를 보고 있어.

왜 하필 천사들은 베를린에 살까.
어른들의 세계를 알 수 없는
어린아이들의 시선으로 세상을 바라보는
천사 다미엘과 카시엘의 이야기.
오이로파 센터 옥상에서 떨어져 자살하는
청년의 죽음을 속절없이 방관하고
가짜 날개를 단 곡마단의 여인에게 사랑을 느끼는
그 누구도 구원해 주지 못하는 무력하고 답답한
천사들. 그들은 베를린의 국립 도서관에 살지
그러나 만지고 느끼고 맛보고 천사가 천사이기를 포기한
순간, 그의 걸음 걸음 발자국이 찍히고

찢어진 이마에서는 선홍의 피가 흐르고
아 맛있다 피의 맛. 그 다음 다미엘이
선택한 인간의 음료.
인생처럼 쓰디쓴 길거리표 천사의 커피.

★ 지상에서 천사의 커피를 즐기는 방법
– 엔젤리너스 커피전문점에서 공개한 '맛있는 커피를 만드는 법' ★

커피와 물의 비율, 원두의 굵기 및 신선도 등 모든 조건이 조화롭게 맞아 떨어질 때, 가장 맛있는 커피를 즐길 수 있습니다. 과연 비법은 무엇일까요? 엔젤리너스 커피가 가장 맛있는 커피 만드는 방법을 공개합니다.

○ 커피와 물의 비율
가장 맛있는 커피를 만드는 비율은 물 160ml에 8g의 커피를 넣는 것입니다. 3cup(350ml용) 커피프레스에 17.5g(2큰술 반)이 가장 적당한 양입니다.

○ 원두의 굵기
원두의 굵기는 어떤 기계를 이용하여 커피를 만드는가에 따라 굵기 조절을 해야 합니다. 매장에서 구매하신 커피프레스를 이용하실 경우 직원에게 문의하시면 신선한 원두와 함께 최적의 맛을 낼 수 있는 굵기로 갈아드립니다.

○ 물
정수된 깨끗하고 신선한 물을 끓기 직전(90~96℃)까지 데워 사용합니다.

○ 신선도
프레스에서 추출한 후 바로 즐기시는 게 좋습니다. 커피프레스로 내린 커피의 경우 20분 이내에 드시면 가장 좋은 맛의 커피를 즐기실 수 있습니다. 한 번 사용한 원두에는 커피의 쓴맛을 내는 요소가 남아 있으므로 재사용하지 않도록 합니다.

- 엔젤리너스 커피전문점의 '맛있는 커피를 만드는 법' 중에서

☕ 워밍업

하나씩 정확하게 세어가며 커피콩 60알을 준비한다. 수동식 커피 그라인더에 커피콩을
넣어 가루를 만든다. 베토벤의 교향곡 1번부터 9번 가운데 임의로 하나를 선택해 음악을
튼다.

☕ 아트레시피

1. 커피콩 60알로 갈아 만든 커피를 커피메이커에 넣어 커피를 내린다.

2. 설탕도 우유도 넣지 않고 유리로 된 잔에 담아 천천히 마신다. 페터 한트케의 책 중《페널
티킥 앞에 선 골키퍼의 불안》의 책장을 연다. 베토벤을 들으며 이 책을 끝까지 읽고 소설
의 내용이 독일 축구와 전혀 관계없음을 확인한다.

그 다음 다니엘이
선택한 인간의 음료,
인생처럼 쓰디쓴 길거리표
천사의 커피,

불꽃이거나 바람의 영웅이란
이름의 커피

Bagd Khan 1869~1924 Богд хаан

울란바타르에 가는 사람들이 반드시 들르는 곳

몽골의 울란바타르 시내 남쪽 언덕에 높이 솟아있는 자이승 기념탑은 몽골 여행객들의 필수코스 중 하나로 손꼽히는 곳이다. 몽골은 소련 붉은 군대의 지원을 받아 1921년 공산혁명에 성공하는데, 그들의 공산혁명을 기념하는 곳이 바로 자이승 기념탑이다. 그리하여 몽골은 세계에서 두 번째로 공산국가가 된다. 현재 몽골의 수도인 울란바타르가 17세기에 처음 세워졌을 때의 이름은 '우르구우'였는데, 러시아나 유럽인들에게 전해지며 '우르가Urga'로 알려지게 되었다. 그러다가 18세기 들어 '이흐 후레(커다란 둔영)'라는 이름으로도 불리기 시작했고, 청나라 자료에는 이를 한자로 옮긴 '고룬庫倫'이라는 표기가 사용되었다.

그러다가 20세기에 들어와 사회주의 혁명이 터지고, 1924년 이 도시가 정식으로 인민공화국의 수도가 되면서 그 명칭도 혁명적 의미를 지닌 '붉은 영웅', 즉 '울란바타르'로 바뀌게 된다. 전체 인구 2백60만 명 중 1백20만 명이 이곳 울란바타르에 산다. 그리고 그곳은 200m 내외의 작은 산들이 둘러싸고 있는 분지로 해발 1,351m에 위치한다.

하지만 우리가 자이승 기념탑에 들르는 이유는 그들의 공산혁명을 기념하는 것이 아니라, 그곳 초입에 있는 이태준 열사의 기념공원 때문이다. 1990년대 중반 연세대 의대 의료봉사단은 세브란스 출신 의사 이태준이 몽골에서 활약한 바를 찾아내고, 2000년 3월 몽골정부로부터 2천여 평의 부지를 제공받아 그해 7월 8일 묘비 제막식을 가진다. 우리의 기억 저편으로 아득하게 잊혔던 한 사람이, 우리나라의 독립운동과 전혀 관계가 없을 것이라 믿었던 몽골에서 혁혁하게 살아있음을 알게 된 것이다.

이태준은 누구인가

1911년 세브란스 의학교를 졸업한 이태준李泰俊: 1883~1921은 105인 사건으로 검거의 포위망이 조여오자 홀연히 중국으로 망명, 남경南京의 '기독회 의원'이라는 병원에서 일을 시작한다. 그러면서 먼저 중국으로 간 선배이자 스승인 김필순과의 접촉을 꾀하지만 안타깝게도 연결되지 않는다. 그러다가 김규식의 권유로 울란바타르로 건너가 '동의의국'이라는 병원을 열어 몽골인들의 질병을 치료한다. 당시 김규식은 몽골에 독립투쟁의 인재를 기를 비밀 장교 양성소를 세울 계획이었다. 이태준은 몽골인들에게 '활불活佛-신통한 의술'을 지닌 '까레이 의사고려인 의사'로 알려지면서 복드 칸의 주치의가 된다. 그는 몽골에 만연한 매독을 치료하여 수많은 사람들을 구해냈고, 1919년에는 몽골의 최고 훈장인 '에르테닌오치르'를 받았다. 그런 기반으로 이태준은 독립운동을 적극적으로 돕기 시작한다. 1920년 레닌정부는 대한민국 임시정부에 200만 루블을 지원하기로 약속하고, 이 가운데 1차로 40만 루블을 한인사회당 코민테른 파견대표 박진순과 상해 임시정부 특사 한형권에게 지급한다. 이 돈은 두 사람에 의해 기차편으로 어렵게 베르흐네우진스크로 운송되고, 그중 12만 루블을 김립이 몽골을 통해 상해까지 전달하기로 한다. 그 험난한 여정에서, 북경까지 돈을 운반할 책임자가 바로 이태준이었다.

이태준은 난관을 뚫고 북경으로 거쳐 1920년 가을, 상해에 돈을 무사히 전달한다. 1차 운송을 성공적으로 마친 이태준은 북경에서 운명처럼 한 사내를 만나는데, 그가 바로 약산 김원봉이다. 이태준은 김원봉의 생각에 즉각 동의하고 의열단에 가입한다. 당시 의열단의 가장 중요하고 절실한 문제는 강력하고 정밀한 테러용 폭탄의 제조였다. 이태준은 울란바타르에 체류하고 있던 폭탄제조 전문가인 헝가리인 마자르를 보내주겠노라 약속하고 울란바타르로 돌아간다.

그러나 그곳은 이미 '미친 남작'이라 불리는 백계 러시아의 운게른 스테른베르그가 점령하고 있는 상태였다. 그 부대에 참모로 참전한 24명의 일본군 장교들이 항일 독립운동의 몽골 거점, 게다가 그중 가장 중요한 인물인 이태준을 그냥 둘 리 없었다. 그들은 이태준을 체포하여 처형하기를 강요한다. 낌새를 알아채고 마자르와 함께 울란바타르를 탈출하려던 이태준은 저격당하여 현장에서 즉사하고 만다. 하지만 천신만고 끝에 살아남은 헝가리인 마자르가 어느 날 문득 북경에 나타난다. 그는 이태준과의 약속을 지키기 위해 그곳에 온 것이다. 그리고 그가 만든 의열단의 폭탄은 조선반도의 곳곳에서 터진다. 바람의 영웅 이태준의 불꽃 같은 일생처럼……

몽골 울란바타르의 명소, 이태준 기념공원의 모습

불교 교단의 수장이며, 몽골의 마지막 왕인 복드 칸

'미친 남작'이라는 별명으로 불린 운게른 스테른베르그

커피를 안 마실 수 없게 만드는 나라

몽골에서 한 일주일 정도 지낼 작정이면, 마음의 준비를 단단히 할 필요가 있다. 우선 우리가 먹고 있는 채소나 김치를 기대해서는 안 된다. 뿐만 아니라 생선요리도 없다. 결국 우리의 인내심이 극에 달할 수밖에 없다는 말이다. 몽골음식은 '하얀 음식'이라는 뜻을 가진 '차강 이데Цагаан идээ'와 '붉은 음식'이라는 뜻을 가진 '올랑 이데Улаан идээ' 둘로 나눌 수 있다. 차강 이데는 유제품들이며, 올랑 이데는 고기류 음식이다. 삶거나 굽거나 찌거나 튀기는 요리법은 어느 나라 음식이나 같지만, 줄기차게 육류로만 아침, 점심, 저녁을 해결해야 한다면 그 느끼함에 웬만한 사람이면 손을 들고 말 것이다.

몽골 사람들의 고기 감별 미각은 탁월하다. 말고기, 양고기, 낙타고기, 야크고기, 소고기 등등. 소나 양의 경우는 어느 지방 것이냐에 따라 고기 맛과 우유 맛이 다르다고 한다. 고기가 다 고기고 우유가 다 우유지 하면 오산이다. 소나 양이 뜯어먹는 풀의 종류에 따라 고기 맛을 구별해 내는 사람들이니 우리로서는 흉내 낼 수 없는 경지에 달해 있다.

보통 서민들이 주로 먹는 음식은 튀김만두인 호쇼르xyyшyyp, 찐만두인 보즈6yy3, 양꼬치구이Шашлик, 샤실릭 그리고 특별한 요리인 '허르헉'과 '보독Boodog'이 있다. 그것은 염소나 마멋marmot

고기로 만드는데, 가죽을 벗겨낸 몸통고기에서 뼈와 창자를 제거한 후, 그 안에 뜨겁게 달군 돌멩이를 넣고 익힌 음식이다. 모두 느끼함이 극에 달한 음식들이다. 이쯤 되면 콜라 몇 통으로도 해결하지 못하는 문제에 봉착한다. 그때 구원처럼 나타난 커피숍이 있다면, 어느 누가 그 커피숍을 외면할 수 있을까?

그렇게 몽골 들판에 향기로운 일리illy 커피전문점이 있었다. 마치 사막의 오아시스처럼.

복드 칸 궁전 박물관의 전경

복드 칸 궁전 옆, 일리(illy) 카페 전경

몽골의 마지막 왕 복드 칸의 겨울궁전 옆에는 놀랍게
도 세련된 러시아풍의 하얀색 3층 건물에 일리illy 커피
전문점이 있었다. 메마른 초원을 지나 온 바람이 누군
가의 속가슴을 울려내는 허미* 소리를 싣고 와 도시에
낮게 흘린다. 손이 시리다. 가슴이 시리다. 이곳에 오
면 뼈 속까지 바람이 스민다. 노마드의 들판. 4월. 싸라
기 같은 눈발이 뿌리는 울란바타르에서 마신 일리 커
피 에스프레소. 일본에게 나라를 빼앗긴 어느 시절 우
르가Urga라 부르던 이곳에 나타나 불꽃 같은 삶을 살
다간 몽골의 마지막 왕. 복드 칸의 주치의. 식민지 조
선. 세브란스 의전 1회생인 젊은 의사 이태준의 영웅
적 삶. 아, 백 년 뒤에 도착한 혹한의 도시에서 복드 칸
의 겨울궁전을 바라보며 마시는 독한 커피 한 잔이 우
리를 칼날처럼 파랗게 각성시킨다.

"Нэр хугарахаар яс хугар!"

네르 호가르 하르 아스 호가르: 이름을 꺾느니 뼈를 꺾어라!

"혹시 불꽃이거나 바람의 영웅이란 이름의 커피는 없
나요?"

* 허미: 몽골 전통소리. 목소리의 떨림으로 2개의 음을 동시에 내는 창법으로, 유네스코 세계무형문화
유산으로 지정되어 있다.

Art Recipe

☕ 워밍업

일리 코리아 홈페이지(http://www.illykorea.co.kr)에 접속하여 'illy collection's artists' 메뉴를 찾아 들어간다. 이 사이트에 들어 있는 예술가들과 커피 잔을 만든 일리 커피의 콜라보레이션을 찬찬히 들여다보며 즐긴다. 특히 커피 잔과 예술의 만남, 커피 잔과 디자인과 과학을 생각해 본다. 그 뒤 니키타 미할코프 감독의 영화 <우르가>를 다운 받아 몽골의 양치기 곰보가 아내와 세 명의 자녀, 그리고 할머니와 함께 살아가는 몽골 대평원의 초원 유목민들의 삶을 본다. 동대문 근처 몽골 음식전문점에 가서 기름에 튀긴 양고기 만두 호쇼르와 찐만두 보즈를 몇 개 사 먹는다. 그 느끼함을 그대로 유지하면서 집으로 돌아온다.

☕ 아트레시피

1. 일리 커피를 구입해 일리 커피전문점에서 구한 커피 잔에 모카포트로 진한 에스프레소를 만든다.

2. 단숨에 커피 한 잔을 마신 뒤, 몽골 어워르항가이 아이막 타락그트 솜 출생으로 1990년과 91년에 걸쳐 2년 연속으로 몽골 시낭송 경연대회인 '벌러르 첨'에서 최우수상을 수상한 몽골시인 이칭호를러. 그의 시를 나직하게 외워본다.

이런 평온을 원치 않는다

요술을 부리는 무지개를 바라보는데 흩어져 사라지고

암낙타, 어린 낙타는 콧소리를 내지 않으며

바람은 거슬러 불다 멈추고

개는 먹이그릇 옆에 누워 덤벼들지 않는

이런 평온을 원치 않는다

휘파람을 부는 바람이 아니면 폭풍

미소가 아니면 눈물일지 모르는

사랑은 이런 안일함이 아니다

잠든 침묵을 깨우며 대지는 가까워지고

심장 박동이 빨라지며 태양은 멀어져간다

꿈을 꾸듯 내 가슴에 계절이 바뀌고

긴 겨울 뒤에 땅이 녹듯

따스해진 마음의 새들이 너를 향해 이동한다

시간이 침묵 속에 잠기어 가면

그 너머 기다리다 힘 있게 남아

네가 오는 길의 단 하나의 나뭇잎을 떨구는

세찬 바람이기를 나는 원한다

아니면 아주 이상한 멍청함에 사로잡혀

여러 가지 것에 한눈을 팔며 걸어가다가

옛 지인에게 보낸 너의 미소가 되어 흩어지기를 원한다

이런 평온은 원치 않는다

이칭호클러(이안나 번역), <너에게>

아름다운 나눔, 공정무역 커피

오랜만에 참 아름다운 다큐멘터리를 보았다. EBS 다큐프라임 <
히말라야 커피로드>였다. 아스레와 말레Aslewa Male, '좋은 사람들이
여기 정착하다'라는 뜻을 가진 마을 사람들의 커피 이야기. 유기농
커피를 생산만 했을 뿐 처음으로 커피를 마셔 본다며, 쓴맛에 얼굴
을 찡그리는 촌노들의 이야기가 코끝을 찡하게 했다. 이 3부작 다
큐는 우리에게 강한 메시지 하나를 전한다. 바로 '공정무역'이다.

2010년 7월 방영된 EBS 다큐프라임 <히말라야 커피로드>

100ml 커피 한 잔을 만들기 위해 필요한 커피콩은 100개.

커피콩 100개의 현지 가격은 10원.

이윤의 1%는 소규모 커피 재배농가의 몫.

이윤의 99%는 미국의 거대 커피회사, 소매업자, 중간거래상의 몫.

1%에 속하는 전 세계 커피 재배종사자는 50여 개국의 2천만 명.

그들의 대부분은 극빈자들이며 그들 중 상당수는 어린이다.

- EBS <지식채널 e>(2005.11.7) 중에서

공정무역Fair Trade이란, 선진국과 개발도상국 간의 불공정한 무역으로 발생하는 구조적인 빈곤문제를 해결하기 위해 개발도상국의 생산자에게 유리한 조건으로 행해지는 무역을 말한다. 즉 생산자와 소비자의 상호존중을 기반으로 생산자에게 유리한 조건으로 교역을 함으로써, 소비자의 입장에서가 아니라 생산자의 입장을 존중하는 무역이다. 사업을 하는 입장에서 본다면 최소의 가격으로 제품을 생산하여 최대의 이익을 남기고 소비자에게 팔아야 한다. 그 과정에서 두 사람의 피해자가 나오는데, 그들은 보잘것없는 돈을 받아야 하는 생산자, 그리고 비싼 값을 치르고 물건을 사야 하는 소비자이다. 그 사이의 이익은 바로 중간 상인들의 몫이다. 이러한 모순을 없애기 위해 나선 것은 바로 의식 있는 소비자들이었다.

1946년 미국의 시민단체인 텐사우전드빌리지에서 푸에르토리

코의 바느질 제품을 구매한 것이 최초이며, 영국에서는 1950년대 후반 옥스팜 상점에서 중국 피난민들이 만든 수공예품을 팔면서부터이다. 그리하여 1960년대에는 옥스팜과 네덜란드의 페어 트레이드 오가니사티에 등이 시민운동의 일환인 공정무역 조직과 단체를 만들어 본격적인 활동을 시작했다.

국내에서 공정무역은 '아름다운 가게'의 움직임으로 시작했다. 2003년 인도, 네팔, 방글라데시 등지에서 대량으로 구입한 수공예품으로 공정무역을 시도했으나, 국내 실정과 맞지 않았던 물품과 디자인으로 실패했다. 그래서 다른 품목을 찾아 시작하게 된 것이 커피, 차, 코코아 등의 음료였다. 이 중 커피는 세계 공정무역 시장에서 가장 잘 팔리는 제품이고, 국내 공정무역 시장에도 안정적으로 정착함으로써, 국내 공정무역 시장을 이끌어 가고 있다. 아름다운 가게는 2006년 네팔에서 생두를 수입하여 '히말라야의 선물'을 출시하고, 이어 2008년 페루산 '안데스의 선물', 2009년 에티오피아의 '킬리만자로의 선물', 2011년 '공정무역 커피믹스' 등을 출시하며 꾸준히 성장하고 있다. 아름다운 가게뿐만 아니라, 한국 YMCA는 2005년 공정무역 커피 프로젝트 '한 잔의 커피, 한 잔의 평화'를 시작으로 동티모르 커피를 수입하여 'Peace Coffee'라는 브랜드로 공정무역 커피를 판매하고 있으며, iCOOP 한국생협연합회는 동티모르, 콜롬비아 등과 더불어 공정무역을 진행하고 있다.

우리가 아무 생각 없이 즐겨 마시는 커피 한 잔 속엔 커피 맛보다 쓴 가난과 고된 노동이 담겨 있다. 그래서 나는 가능하면 공정무역 커피를 구입한다. 공정무역 커피 한 잔을 마실 때마다 한결 마음속이 훈훈해지는 까닭은, 그 커피 속에 오늘도 땀 흘리며 커피 콩을 따고 있을 네팔 촌노들의 미소가 가득 담겨 있기 때문이다.

공정무역 커피 인증마크

나는 오늘 향기로운 아라비카종種 커피가 생산된다는 네팔의 굴미Gulmi 커피 한 통을 샀다. 굴미. 그곳은 안나푸르나봉峰이 멀리 보이는 곳이었으면 좋겠다. 내가 늘 꿈꾸던 안나푸르나봉의 해 돋는 아침. 그 풍광이 바라다 보이는 곳이었으면 좋겠다. 그곳에서 끝까지 안나푸르나를 정복했다고 우기는 오만한 여자 산악인의 만용을 끝내 허락하지 않은, 평양 사람 내 아버지처럼 묵묵하고 크나한 산이 관측되었으면 좋겠다. 그러나 그곳은 아득히 먼 곳. 가까이 갈 수 없기에 더더욱 그리운 곳. 오늘 쓰디쓴 그리움에 내가 마시는 네팔 굴미産 원두커피. 공정하게 수입해 우리 입맛에 맞게 볶아낸 맛깔 난 커피, '히말라야의 선물'. 오늘 히말라야는 이미 내 가슴에 스며 있었다.

커피, 치명적인 검은 유혹

★ 공정무역 커피를 마실 수 있는 카페 ★

○ 서울

스테파니카페(02-512-8552) : 강남구 신사동 551-11 1층 102호

마을찻집마주이야기(070-8752-2389) : 강북구 인수동 516-62

서울대 문화인큐베이터 : 관악구 신림7동 산 56-1 서울대학생회관 63동 437호

21g빈(02-838-2755) : 구로구 구로3동 이앤씨벤쳐드림타워 2차 Cafe.21gram

벨앤샘(02-896-3414) : 금천구 독산동 291-5 시티렉스 508호

삼육의료원 크라운베이커리(070-8268-9966) : 동대문구 휘경동 서울위생병원 추모
　　관 4층

블러썸(02-812-4766) : 동작구 노량진동 117-19 1층

책읽는고양이 : 동작구 흑석동 95-21 2층

수카라(02-334-5919) : 마포구 서교동 327-9 산울림빌딩 1층

카자미도리(02-326-3104) : 마포구 서교동 396-51 1층

기분좋은가게(02-324-4191) : 마포구 서교동 481-2 태복빌딩 1층

카페뷰앤티(02-313-9176) : 서대문구 대현동 27-37 세창빌딩3층

빨고와찌고(02-522-7889) : 서초구 서초동 1342 시범빌딩 1층 104호

카페하나비(02-499-8077) : 성동구 성수동1가 14-58 1층 101

수다(02-415-5300) : 송파구 신천동 7-12 홈플러스 5층

바이림(070-8865-9781) : 송파구 잠실동 244-12 1층

숙영원(02-2642-5361) : 양천구 목2동 536-11 1층

쿠스치노커피(011-9962-9858) : 양천구 신정동 321-6 센트럴프라자 101호

IT PiE(02-782-1233) : 영등포구 여의도동 롯데캐슬엠파이어 1층 106호

tea for two(02-735-5437) : 종로구 관철동 12-16

도로시파이앤커피(02-734-5531) : 종로구 삼청동 58-1 지하층

송스키친(02-395-1713) : 종로구 신영동 168-3번지 1층

길담서원(02-730-9949) : 종로구 통인동 155번지 1층

커피즐겨찾기(02-723-5242) : 종로구 통의동 109번지

미술관(02-731-7331) : 종로구 혜화동 53-11 1층

샌드앤푸드(02-2130-2949) : 중구 서소문동 135번지 올리브타워 지하 1층 114호

○ **경기도**

살롱드프리즘(070-8881-4491) : 고양시 덕양구 행신동 721-1

구름커피(031-775-7722) : 남양주시 진접읍 장현리 356-7

커피인러브 : 부천시 원미구 상동 546-9 청죽타워빌딩 101호

아름다운 휴(032-342-2259) : 부천시 원미구 역곡동 29-20

뜨라네(032-721-0039) : 성남시 중원구 여수동 309번지 1층

플로르까사 2(031-211-7673) : 수원시 영통구 매탄동 923-24 1층

쓰임커피점(031-205-8817) : 수원시 영통구 영통동 960-3 뉴월드프라자 121호

플로르까사(031-271-3632) : 수원시 장안구 천천동 506-7 1층 플로르까사

예사랑(031-423-4240) : 안양시 동안구 평촌동 933-3

느티나무도서관 북카페(031-262-3449) : 용인시 수지구 동천동 882-3 느티나무도서
　　관 지하

카페-에코(031-636-0251) : 이천시 창전동 468-25 1층

라니스(032-435-4536) : 인천시 남구 주안1동 140-1 3층

북카페상상(032-432-1388) : 인천시 남동구 구월동 1347-1 2층

우드카페커피하우스(032-424-4383) : 인천시 남동구 장수동 769-10 1층

○ **충청도**

한남대점 noriter(070-8632-7385) : 대전시 대덕구 오정동 175-10

더-밀(042-221-8005) : 대전시 중구 대흥동 189

다락(041-545-0612) : 아산시 용화동 616 2층

이층(041-331-1478) : 예산군 예산읍 예산리 558-2

북카페산새(041-571-3336) : 천안시 서북구 쌍용동 1583

키즈클럽아이뜰(043-291-9482) : 청주시 흥덕구 산남동 660 산남메디프라자 7층

○ 전라도
북카페숨(070-8632-9420) : 광주시 광산구 수완동 1252
파란대문(062-682-4174) : 광주시 서구 금호동 243-6번지 거북빌딩 101호
예술공간돈키호테(061-754-8014) : 순천시 동외동 80-13
솔바람소리찻집(061-755-9938) : 순천시 서면 청소리 706 14/1
나눔(061-722-3444) : 순천시 연향동 1321
폰타나(063-274-5247) : 전주시 덕진구 송천동1가 813-8 3층
커피로드(063-278-5010) : 전주시 덕진구 인후동1가 852-14 1층
빈센트반고흐(063-288-2189) : 전주시 완산구 고사동 66-5
베스트빈(063-232-1244) : 전주시 완산구 서노송동 631-31 1층

○ 경상도
Like a star(053-621-5422) : 대구시 남구 대명9동 501-7번지 1층
소프트(070-7607-2021) : 부산시 연제구 거제동 894-24 1층
커피엔(070-4232-9301) : 부산시 연제구 연산동 1606-11 1층
북카페우리글방(051-241-3753) : 부산시 중구 보수동1가 133-2
보물섬(054-782-8998) : 울진군 북면 부구리 191
커피나무커피숍(055-747-2998) : 진주시 동성동 13-10
헤롯레스토랑 : 창원시 상남동 27-2 번지 모란빌딩 102-104호

○ 강원도 / 제주도
쟁이(064-900-6700) : 제주시 이도2동 1772-3 1층
까페살림(070-4038-0331) : 춘천시 후평2동 838-9 2층

Art Recipe

☕ 워밍업

힘들겠지만 일부러 짬을 내어 아름다운 가게에 들른다. 그리고 킬리만자로의 선물/ 히말라야의 선물/ 안데스의 선물 중 하나를 공정하게 선택한다. 집으로 돌아와 맛있게 커피한 잔을 내린다.

☕ 아트레시피

1. 낭만적 바리스타 K씨의 시 중 하나인 다음 시를 큰소리로 읽는다.

도토리묵을 먹을 때마다 참나무를 위해 묵념하라. 도토리 몇 알을 떨어트리기 위해 가혹하게 참나무를 두들겨 팬 치사한 인간들을 용서하라고, 마음으로부터 진실로 회개하며 젓가락을 들어라. 그대로 놔두면 제 스스로 떨어질 도토리를 그냥 두지 못하고 힘마나 돌덩이로 마구 두들겨 패는 치사한 인간들아. 묵묵히 고통을 참으며 두들겨 패는 놈이 원하는 만큼만 날 도토리를 떨구어 주는 참나무를 기억하라. 그리하여 얻은 도토리가 도토리묵이니 식탁에 올라 온 참담한 도토리묵이니. 도토리묵을 먹을 때마다 잠시 젓갈질을 멈추고 참나무를 위해 묵념하라. 그 나무 밑동의 흉측한 상처를 기억하라. 도토리묵을 먹을 때마다 다람쥐와 청솔모에게 감사하라. 그들의 겨울식량을 쌔버다 먹는 치사한 인간을 용서하라고. 凡事에 감사하고 참나무와 다람쥐와 청솔모를 위해 기도하라.

김용범, <참나무를 위한 묵념>

2. 'Dankon, Dankon'이라고 두 번 외친다.
   'Dankon'은 에스페란토어로 '감사합니다'라는 뜻이다.

3. '감사합니다, 감사합니다, 감사합니다' 속으로 세 번 외우고 나서 커피를 천천히 음미한다.

마지막 잔

비 오는 날의 그 커피처럼

낭만적 바리스타 K씨의 스크랩북 마지막 페이지는 군말 없이 어느 비 오는 날 전주에서 쓴 시 한 편과 추신이 달랑 붙어 있었다.

PS: 바리스타 K씨를 빙자하여 나는 내 13번째 시집을 묶었다. 그러면서 아무도 이 한 권의 책이 시집이라고 생각하지 못하게 철저히 위장했다. 뿐만 아니라 이야기의 흐름 속에 커피와는 무관한 시인들의 시를 삽입시켰다. 마치 쓴약의 겉을 달콤한 사탕으로 감싼 당의정(糖衣錠)처럼 슈거코팅이 아닌 커피코팅을 했다. 그렇게 몰래 스며들어간 한 편의 시가 무심하게 마시는 커피 한 잔처럼 읽히는 세상이 왔으면 좋겠다. 누구도 시를 읽지 않는 세상에서 시인으로 산다는 것은 얼마나 고독한 일인가? 나의 비열한 의도가 독자들에게 발각되지 않기를 바라며 사족을 단다. 그리하여 커피를 빙자한 스토리텔링의 교묘한 포장, 나의 꼼수는 이것으로 끝났다.

앙리 카르티에 브레송이 찍은 알베르 카뮈(Albert Camus)

매화우梅花雨가 내리고 있다. 나의 휴대전화는 배터리가 소진되어 잠시 후 끊어질 것이다. 나는 외부와 비로소 단절될 것이고 그 휴지休止의 시간 커피를 마시러 시인 고운기와 전주 교보문고 앞 작은 카페에 들어가 목로에 앉는다. 창밖에 내리는 비를 바라보며 마시는 커피는 문득 요의尿意를 느끼게 한다. 나는 커피를 마시다 말고 길 건너 교보문고로 들어가 화장실에 들른 뒤 습관처럼 책 한 권을 골라 나온다. 알베르 카뮈의 《전락轉落》. 나는 비를 맞으며 길에 서서 담배 한 대를 맛있게 피운 뒤 카페로 다시 들어온다. 아직 커피는 식지 않았다.

"정말 황금원두黃金原豆를 경품으로 주나요?"

"종이컵의 입술 닿는 부분을 열어보면 황금원두가 그곳에 숨어있어요."

"당첨자가 있었나요?"

참하게 생긴 젊은 여자 아르바이트 바리스타는 빙그레 웃는다.

"아니요. 저희 점포에서는 없었어요. 머그잔 여섯 개하고 쿠키 두 개."

"커피 한 잔 더 만들어 줄래요?"

"종이컵 하나 까봐 드릴까요?"

젊은 여자 바리스타는 빈 컵 하나를 골라 입술 닿는 부분을 열어본다.

"꽝이네요."

"꽝. 그냥 커피콩이나 몇 알 주세요."

나는 야전 상의 주머니에 알베르 카뮈의 소설책과 까만 커피콩 몇 알을 집어넣고 카페를 나선다.

"장 바티스트 클라망스."

나는 알베르 카뮈의 《전락》과 전혀 관련이 없는 이가림李嘉林의 시 첫 줄을 외우며, 오랜 친구인 시인 박상천과 오후 3시 낮술 약속을 지키기 위해 건널목을 건넌다.

그날 밤 나는 퐁 루아얄 다리를 건너서 센 강 좌안 쪽에 있는 집으로 돌아가는 길이었습니다. 자정이 지나 한 시였는데 가랑비라기보다 차라리 이슬비에 가까운 것이 내리고 있어서 드문 인기척마저 흩어져 버렸습니다. 나는 어떤 여자 친구와 막 헤어져 돌아오고 있는데 필시 그 여자는 잠이 들어 있었을 겁니다. 나는 약간

감각이 둔해진 채 그렇게 걷는 것이 흐뭇했습니다. 몸은 진정되고 부슬부슬 내리는 비처럼 감미로운 피가 전신을 돌고 있었지요. 다리 위에서 난간에 허리를 굽히고 강물을 굽어보는 것 같은 어떤 형체의 뒤로 지나가게 되었습니다. 가까이 다가가면서 보니 검정 옷을 입은 호리호리한 젊은 여자라는 걸 알 수 있었어요. 짙은 빛깔의 머리와 외투깃 사이로 산뜻하고 젖은 목덜미만이 드러나 보였는데도 내겐 그게 민감하게 느껴져 오더군요. 그렇지만 나는 가던 길을 계속 갔습니다. 다리 끝에서 나는 내 집이 있는 생 미셸 가를 향하여 강변길을 들어섰지요. 벌써 한 50미터쯤 갔는데 무슨 소리가 들려요. (……) 어떤 몸뚱어리가 물에 철썩 떨어지는 소리였어요. (……) 어쩔 수 없이 전신에 힘이 죽 빠져나가는 느낌이었어요. 그때 내가 무슨 생각을 했는지 잊었지만 아마 '너무 늦었어, 너무 멀어.'라든가 아니면 그런 비슷한 생각이었을 거예요. (……) 그리고는 비를 맞으며 종종걸음으로 그곳을 떠났어요. 그리고 아무에게도 알리지 않았습니다.

- 알베르 카뮈, 《전락》 중에서

비 오는 날 센 강에 투신자살한 여인을 외면하고 돌아선 네덜란드 암스테르담의 변호사의 맥없는 고백. 부끄럽지만 아마 나 역시 그런 상황이면 《전락》의 주인공처럼 그 여인의 죽음을 단호히 외면했을 것이다.

까만 커피콩이 향기롭게 만져진다.
비 오는 날에 마시는 커피는 詩다.

오늘 전주 일대에는 밤새도록 매화우가 내릴 것이다.

에필로그

바리스타 K씨의 시詩들은 매일 반복되는 그저 그런 커피 한 잔과 같은 일상에 지친 우리에게 단비와도 같은 선물이다.

커피 한 잔의 휴식과 여유. 지금까지처럼 허겁지겁 마셔대던 소위 식후 커피에서 벗어나, 느긋하게 그리고 가장 사치스럽게 커피를 마실 기회와 분위기를 찾아낸다는 것은 이렇게나 간단한 것이었다. 가까운 커피전문점에 들어가 익숙했던 커피 메뉴가 아닌 "혹시, 생텍쥐페리 커피 있나요?"와 같은 난해한 커피를 주문해 보자. 기계조작 기술과 정량과 배합률 따위의 정보만으로 커피를 만들면서 마치 자신들이 문화의 생산자인 양 으스대는 바리스타들을 깔볼 수 있는 근거를 찾아낸 우리는, 이제 커피 한 잔으로 누릴 문화적 허영을 만끽해야 한다.

좋은 커피의 기준은 무엇일까? 커피를 뽑는 바리스타들 입장에서는 좋은 생두와 좋은 로스팅, 좋은 추출이라 말한다. 그러나 이 것은 바리스타들 입장이고, 마시는 사람 즉 소비자의 입장은 무엇일까? 그것은 신맛Acidity, 아로마Aroma, 향미Flavor일 것이다. 그리고 거기에 커피를 마시는 분위기atmosphere가 하나 더 보태진다. 비가 오는 날, 흐린 날, 안개가 자욱한 날과 같은 일기를 포함해서 바다가 보이는 곳, 산이 올려다 보이는 곳 같은 모든 것들을 포함한 분위기 역시 커피의 맛을 좌우하는 중요한 요소이다. 그것이 비록 흔한 자판기 커피나 커피믹스일지라도……. 그런데 우리가 하나 빼먹은 것이 있다. 바로 뜻, 의미이다. 그것이 의意요, 예향藝香일 것이다.

바리스타 K씨는 지금도 문화와 예술의 향기가 가득한 그만의 특별한 북카페를 여는 꿈을 놓지 않고 있다고 했다. 와이파이Wi-Fi 존에서 벗어나 인터넷과 단절되고 핸드폰도 터지지 않는 곳. 서가에 꽂혀 있는 마음에 드는 책들을 살 수도 있고 집으로 빌려갔다가 다음에 반납할 수도 있는 곳. 커피 잔도 재떨이도 마음에 들면 구입할 수 있는 곳. 무한리필이 가능한 곳. 마치 80년 전 이상의 제비다방이나 공초 오상순 선생이 죽치고 있던 명동의 모나리자처럼 하루 종일 자리 잡고 있어도 무방한 곳. 음악과 미술과 문학과 무용의 문화적 담론이 넘치는 곳. 이제 커피는 맛과 향만이 아니라, 그것을 즐길 수 있는 공간과 원가 123원을 뛰어넘는 상상력의 문제가 남는다. 그것은 커피를 마시는 사람들의 몫이다.

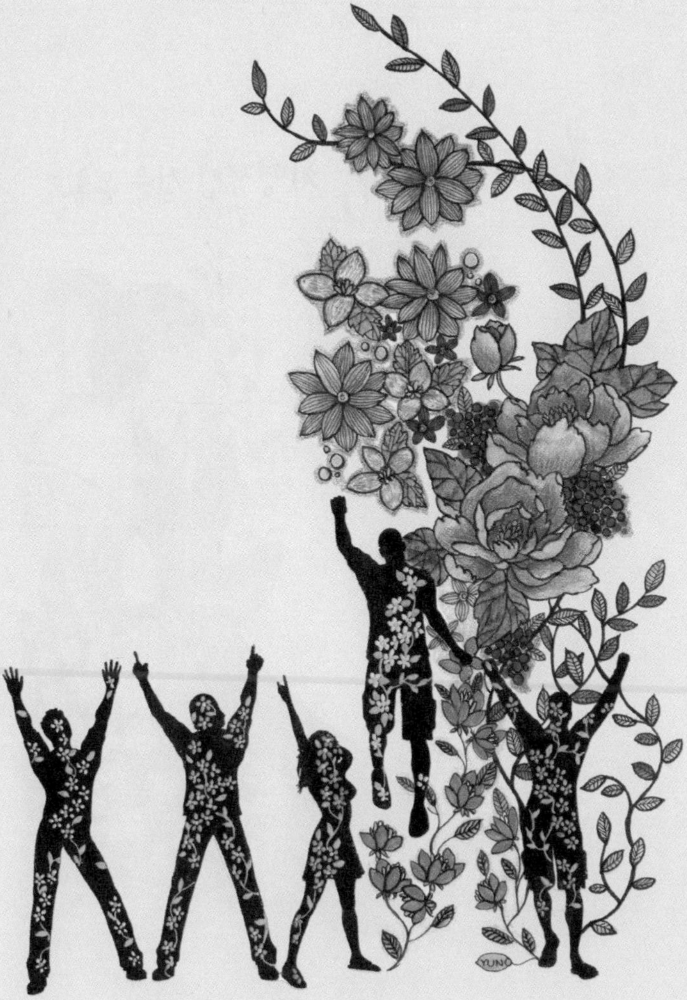
YUN

>> 2권 출간 예고

《커피, 치명적인 검은 유혹》 그 두 번째 이야기

1권에서 못다 한 커피에 얽힌 더욱 다양한 이야기를
향기로운 커피 잔 가득 담았다.
마실수록 빠져드는 커피, 치명적인 검은 유혹

1930년대 경성에서 시인 이상이 꿈꾼 다방
_문학과 예술의 담론 공간, 유럽의 커피하우스

식민주의와 플랜테이션 농업과 커피
_케냐 더블에이(Kenya AA)와 아웃 오브 아프리카 그리고 공정무역

티파니에서 아침을……
_테이크아웃 커피 한 잔과 에코 컵

제2차 세계대전과 한국동란 그리고 전투 식량
_밀리터리 파워 커피

난해한 영화감독 빔 벤더스와 짐 자무시
_커피와 담배

8·15 해방
_밀다원, 모나리자 그리고 학림까지

커피, 치명적인 검은 유혹

낭만적인 바리스타 K씨가 들려주는
문화와 예술의 향기가 스민 커피 이야기

1판 1쇄 펴낸날 2012년 10월 30일
1판 2쇄 펴낸날 2013년 6월 10일

그   림 김윤아
지은이 김용범

펴낸이 서채윤
펴낸곳 채륜
책만듦이 정나영
책꾸밈이 Design窓 (66605700@hanmail.net)

등록 2007년 6월 25일(제25100-2007-000025호)
주소 서울 광진구 군자동 229
대표전화 02-6080-8778
팩스 02-6080-0707
E-mail book@chaeryun.com
Homepage www.chaeryun.com

책값은 뒤표지에 있습니다.
ISBN 978-89-967201-1-9 03800